DER COWBOY, DER MICH LIEBT

VIRNA DEPAUL

EINLEITUNG

5 Jahre ist es her, seit Natalie Haynes ihre kleine Heimatstadt Playbook Springs verlassen hat, um in Los Angeles, Kalifornien ihren Traum, Starfotografin zu werden, zu verwirklichen. Als sie fortging, schwor sie sich, nie wieder an den Ort zurückzukehren, an dem sie und ihre Familie verspottet und als geldgierige Schnösel beschimpft worden waren. Doch nach einer öffentlichen Demütigung durch ihren Freund, einen aufstrebenden Hollywood-Schauspieler, bleibt der schwangeren Natalie nichts anderes übrig, als nach Hause zu kommen. Das Letzte, das sie dort erwartet, ist ein Jobangebot vom besten Freund ihres älteren Bruders, Daniel „Coop" Cooper.

Coops Ziel ist es, den Baumarkt zu erweitern, den seine Eltern ihm hinterließen, und Natalies künstlerisches Talent soll ihm dabei helfen, seine Pläne in die Tat umzusetzen. Doch schon bald erkennt Coop, dass das, was er eigentlich mehr als alles andere will, Natalie selbst ist. Allerdings beabsichtigt diese ganz und gar nicht, in Playbook Springs zu bleiben. Sie trägt das Kind eines anderen Mannes in sich und ist der festen Überzeugung, dass sie und ihr Baby niemals wirklich in Coops Welt passen würden.

Doch Coop will Natalie nicht kampflos gehen lassen. Seit ihrer Kindheit hegt er Gefühle für sie und hat sich in die Frau verliebt, zu der sie geworden ist. Er möchte für sie und ihr Kind da sein, als Mann und Vater. Nun muss er sie nur noch davon überzeugen, dass Natalie überall auf der Welt ein Zuhause finden kann, solange sie dabei in den Armen des Cowboys liegt, der sie liebt.

**Melden Sie sich für meinen monatlichen Newsletter an, um über Updates und Contests informiert zu werden: http://www.virnadepaul.com

DER COWBOY, DER MICH LIEBT

VERRÜCKT NACH DEM VERKEHRTEN KERL

Natalie Haynes lehnte sich nach vorn, um mehr vom kondensierten Eis wegzukratzen, das sich auf der Innenseite der Windschutzscheibe angesammelt hatte. Die Heizung ihres kleinen Miatas lief seit gestern Morgen auf Hochtouren, als sie die Grenze zum Bundesstaat Utah überquert hatte. Er konnte schon kaum mit einem gelegentlich kühlen Tag in Los Angeles fertig werden; und die Chancen waren gleich Null, dass es mit dem kalten Wetter in Utah Mitte Januar fertig wurde.

Sie zitterte und schmiegte ihren Cardigan enger ans sich. Ihre Garderobe, die aus einer schäbigen Jeans und einem T-Shirt bestand, konnte der Challenge auch nicht standhalten.

Ein Schneewirbel zerrte an ihren Reifen und sie krallte sich fester ans Steuer, um die Kontrolle zu behalten.

Was machte sie da? Vor drei Tagen lebte sie noch ihren Traum als Promifotografin. Jetzt kam sie mit eingezogenem Schwanz nach Hause nach Playbook Springs, ledig und schwanger von einem Mann, der sie öffentlich gedemütigt hatte. Oh, wie die Stadt sich über ihren Absturz freuen würde.

Nein, sie würde sich nicht bemitleiden. Dies war nur ein

kleiner Rückschlag. Playbook Springs war so weit von Los Angeles entfernt, in vielerlei Hinsicht. Es bestand immer noch die Möglichkeit, dass niemand wusste, was am Sonntagabend passiert war. Rob DeMarco, der Goldjunge Hollywoods, hatte sie öffentlich beschuldigt, ihm eine Falle stellen zu wollen (und an sein beachtliches Vermögen zwischen die Finger zu bekommen), indem sie absichtlich schwanger geworden war. Immerhin, die Menschen hier waren Rancher und „Das Salz der Erde"-Typen, die sich nicht um den Glanz und Glamour Hollywoods scherten. Und die Mädchen, die sie in der Schule so erbarmungslos gehänselt hatten? Sie hatten wahrscheinlich alle ihre Freunde aus der High School geheiratet und waren viel zu beschäftigt damit, ihre Kinder großzuziehen und in den lokalen freiwilligen Arbeitsgemeinschaften zu helfen, um sie im Auge zu behalten – wenn sie sich überhaupt noch an sie erinnerten. Sie war fünf Jahre weg gewesen.

Aber während sie versuchte, sich all das einzureden, kannte Natalie die Wahrheit.

Playbook Springs war kein Rückschritt in die Steinzeit. Die Leute hier lebten ein modernes Leben, mit ausreichend Zugang zu Fernsehern und Internet. Ihre Familie hatte gesehen, was ihr zugestoßen war, also musste sie sich auf die Möglichkeit gefasst machen, dass es *alle* gesehen hatten.

Sie legte ihre Hand auf die kleine Wölbung ihres Bauchs, die durch ihre Klamotten kaum sichtbar war. Sie war fast in der zwölften Woche schwanger und vor Sonntag hatte ihre Familie keine Ahnung davon gehabt. Trotz ihrer Aufregung hatten Rob und sie gewartet, es den Menschen zu erzählen, und um ehrlich zu sein, hatte sie gehofft, dass Rob ihr einen Antrag machen würde, ehe sie es ihrer Familie erzählte, mit der sie zwar wenig Kontakt hatte, von der sie aber wusste, dass sie sich Sorgen um sie machte. Nach dem Debakel am Sonntag aber war die Katze aus dem Sack. Sie hatten sie gleich angerufen und sie gebeten, nach Hause zu kommen. Und trotz ihrer Bedenken willigte sie ein, sagte ihnen, sie würde Ende der Woche nach Utah kommen, nachdem sie sich um ein paar Dinge gekümmert hatte. Es war ein Beleg dessen, wie sehr sie LA verlassen wollte, dass sie ihren Trip vorverlegt hatte, ohne es ihrer Familie überhaupt zu sagen, und sie redete sich ein, dass sie daraus vielleicht einen Urlaub machen und unterwegs an schönen Orten anhalten würde, um sie zu fotografieren, aber als sie erst mal im Auto saß, wollte sie nicht anhalten, bis sie zu Hause angekommen war. Sie konnte es kaum abwarten, ihren Vater und ihren Bruder in den Arm zu nehmen. Sie liebte sie über alles und hatte schon immer eine gute Beziehung zu den beiden.

Es war nur schade, dass sie nicht dasselbe über ihre Beziehung mit ihrer Stiefmutter behaupten konnte.

Natalie war in der Schule nie beliebt gewesen, aber nachdem ihre Mutter gestorben war und ihr Vater Perry nur vier Monate danach wieder geheiratet hatte, hatte sich alles dramatisch geändert. Viele der Kids in der Schule glaubten, Perry hätte seine neue Frau Lucille nur ihres Geldes wegen geheiratet, und das machte ihn – und auch seine Kinder – zu Menschen, die nur auf Geld aus waren. Man behandelte sie auch alle dementsprechend, mit offener Verachtung, die davor nur zu erahnen war. Sie hasste es. Und da sie bereits verletzt und verwirrt darüber war, dass ihr Vater so schnell über ihre Mutter hinweg gewesen war, entschloss sie sich, ihre Stiefmutter zu hassen und *sie* mit solch einer Bosheit zu behandeln, die nur ein rebellischer Teenager an den Tag legen konnte. Sie bereute es jetzt und hatte es schon lange bereut, aber sie wusste auch nicht, wie sie die Anspannung, die von Anfang an zwischen ihnen beiden herrschte, lösen konnte. Es war einfacher, über die letzten paar Jahre einfach die Distanz zu wahren.

Was es noch schwerer machte, in ihrem Zustand nach Hause zu kommen. Vor fünf Jahren was sie mit ihren Träumen im Koffer nach LA gegangen, wo sie bald den seligen Erfolg als

Promifotografin erreicht hatte. Jetzt kam sie als Gespött und Sozialfall zurück in ihre Heimat.

Aber wenigstens hatten sie und ihr Baby ein Zuhause, in das sie kommen konnten. Und was für schmerzhafte Erinnerungen sie auch immer mit Playbook Springs verband, man konnte nicht leugnen, dass es ein wunderschöner Ort war.

Ihr Atem stockte, als sie das leuchtend farbige Holzschild sah, das verkündete, dass sie jetzt die Stadt betrat. Eine unerwartete Welle von Nostalgie rollte durch sie hindurch. Ohne nachzudenken, bog sie von der Autobahn, von der direktesten Strecke, die zur Ranch ihrer Eltern führte, ab und folgte der Hauptstraße durch die Stadtmitte.

Playbook Springs hatte sich im Vergleich zum letzten Mal, als sie vor fünf Jahren durchgefahren war, kaum verändert. Das Western-Motel bot immer noch saubere Zimmer und die besten Preise an. Das Brew&Chew-Diner auf der anderen Straßenseite versprach den besten Kaffee in der Stadt. Laugheed's Grocery. Die Post. Benson's Autowerkstatt. Sie war sich nicht sicher, was sie erwartet hatte. Die Vertrautheit war sowohl beruhigend als auch besorglich. Es war, als würde die Zeit hier stillstehen. Sie könnte ihre Augen schließen und detailliert die Merkmale jedes Gebäudes auf diesem Streif beschreiben. Und trotzdem war da dieses kratzende Gefühl der Klaustrophobie. Das Gefühl, eingefangen zu sein. Das Gefühl zu wissen, dass sie niemals wirklich hier hingehören würde. In ihrem Kopf war sie schon immer die arme Farmerstochter gewesen, die die Mädchen ausgelacht hatten, und dann, nachdem ihre Mutter gestorben war, war sie die arme Farmerstochter gewesen, dessen Vater ihre wohlhabende Stiefmutter des Geldes wegen geheiratet hatte und die alle ausgelacht hatten. Sie hatte die Stadt unter unfreundlichen Bedingungen verlassen und kam zurück in einem Zustand der Schwäche, den viele zu gern ausnutzen würden.

Sie lenkte ihr Auto in eine Parklücke vor Cooper's Heimwerkermarkt. Sie war noch nicht bereit, sich ihrer Familie zu stellen, und es wäre nett, ein oder zwei vertraute Gesichter zu sehen, ehe sie sich den ganzen Fragen stellen würde. Mr. und Mrs. Cooper waren immer gut zu ihr gewesen, hatten ihr einen Job und die nötige Flucht von der Ranch während der High School ermöglicht. Auch wenn sie wussten, dass sie schwanger war, und was ihr am Sonntag zugestoßen war, war sie sich sicher, dass sie sie mit offenen Armen empfangen würden. Außerdem war sie so eilig abgehauen, dass sie vergessen hatte, Batterien für ihre Kamera einzupacken.

Natalie wickelte ihren Cardigan fest um sich, als sie über eine kleine Schneewehe auf dem Bürgersteig stieg. Sie rutschte aus, als ihre Sneaker auf einer vereisten Stelle landeten, und sie spürte, wie sie nach hinten fiel. Instinktiv wickelte sie beschützerisch einen Arm um ihren Bauch und streckte die andere Hand aus, um ihren Fall zu bremsen. *Das Baby!*

„Hey, aufpassen!"

Starke Arme umfassten ihre Taille und richteten sie auf. Natalie reckte ihren Hals, um aufzuschauen und ihrem Retter zu danken, aber ihre Worte blieben ihr im Hals stecken, als die Erleichterung sich in Beschämung verwandelte.

Coop.

Er ließ sie los und machte einen Schritt nach hinten. Durchbohrende blaue Augen schauten unter seinem schwarzen Cowboyhut finster drein und sein Blick musterte ihre Einssechzig von Kopf bis Fuß. Da sie offensichtlich überhaupt keinen gesunden Menschenverstand zeigte, schüttelte er seinen Kopf und seufzte. „Ich nehme an, Sie sind nicht von hier."

Er erkannte mich nicht?

„Sie sollten vielleicht über eine Winterjacke und anständige Stiefel nachdenken, auch wenn Sie nur auf der Durchreise sind. Bei Ashton am Ende der Straße finden Sie, was Sie brauchen." Er zeigte in die Richtung, von der er meinte, dass sie sie einschlagen sollte, tippte dann den Rand seines Huts an, drehte sich um und betrat den Heimwerkermarkt.

Natalie atmete tief ein und erlaubte der Röte der Erniedrigung zu weichen. Wieso musste es ausgerechnet *er* sein? Wann immer sie daran dachte, wieder nach Hause zu kommen, war Coop immer derjenige, den sie am wenigsten – und am meisten – sehen wollte.

Er sah noch besser aus, als sie ihn in Erinnerung hatte. Breiter, reifer. Seine dunklen Haare waren kurz und er hatte einen perfekten Dreitagebart. Sie kannte Tonnen von Typen in Hollywood, die alles drum geben würden, mit einem Dreitagebart so natürlich und maskulin auszusehen – einschließlich Rob DeMarco.

Er hatte sie nicht erkannt. Das war ein Schlag in die Magengrube. Aber er war ja auch ein Freund von ihrem Bruder Brody, nicht von ihr. *Und* er war auf dem College gewesen, als sie im Heimwerkermarkt gearbeitet hatte. Während der Ferien hatte er lieber Brody und den anderen Cowboys geholfen anstatt im Heimwerkermarkt.

Außerdem war sie jetzt eine Blondine – dank einer superteuren Aufhellung – und keine Brünette mehr. Aber sie trug lässige Klamotten, ganz ähnlich denen, die sie als Teenie schon getragen hatte, also hätte er wissen müssen, wer sie war. Sie hatte versucht, in der Nähe von Brody und seinen Freunden – besonders Coop – zu sein, so sehr, wie es ein vier Jahre älterer Bruder eben toleriert hatte.

Ach, naja. Er hatte sie also nicht erkannt. Was soll's. Es war nur noch ein Schlag auf ihr Ego und, im Vergleich zum Rest, nicht der Rede wert. Er war ihr Teenieschwarm gewesen. Es war nett zu sehen, dass er sich nicht hatte gehen lassen. Er war inzwischen wahrscheinlich verheiratet und hatte einen Haufen Kinder.

Natalie drückte die Tür zum Heimwerkermarkt auf. Sie schaute zu den klingelnden Glocken auf und lächelte. Vielleicht waren es dieselben wie die, als sie noch hier gearbeitet hatte. Sie scannte den Laden, erwartete, dass Coop, Mr. oder Mrs. Cooper auftauchte, aber sie sah keinen von ihnen.

Die Batterien waren an der Kasse. Sie blätterte durch die Auslage und legte einen Stapel auf die Theke. Der Redakteur eines der Magazine, für das sie gearbeitet hatte, hatte sie kritisiert, dass sie keine wieder aufladbaren Batterien benutzte, aber sie zog die ältere Technologie vor und benutzte sogar immer noch einen Film, wenn sie nicht gegen einen Stichtag ankämpfen musste. Hier würde es keine Stichtage geben.

„Na, wenn das mal nicht Miss Thing ist."

Natalie versteifte sich, schloss ihre Augen, zählte bis fünf und drehte sich dann um. Naja, wenn sie gehofft hatte, dass alle Mädchen, die sie während der High School runtergemacht hatten, inzwischen schäbige Hausfrauen geworden waren, war sie enttäuscht. Die große, gertenschlanke Jenna – die Anführerin der Tyrannen – hatte lange, kastanienbraune Haare, die zu Hochglanz gekämmt waren, während ihre etwas kleinere Kumpanin Mary ihre erdbeerblonden Haare zu einer Bobfrisur geschnitten hatte. Sie trugen beide grelle Skijacken, die nur bis zur Taille gingen, und Lederstiefel mit Absatz, die nicht sehr wintertauglich aussahen. Coop wäre nicht beeindruckt. Sie hob ihren Blick und erzwang ein Lächeln. „Jenna. Schön dich zu sehen. Und dich auch, Mary. Ihr beiden seht toll aus."

„Du siehst auch ziemlich gut aus, wenn man alles bedenkt."

Als Jenna die Worte ausgesprochen hatte, wusste Natalie, dass ihr Wunsch nach erneuter Anonymität, so albern es auch war, nicht erfüllt werden würde. „Danke." Natalie drehte sich wieder zur Kasse und betete, dass Mr. oder Mrs. Cooper kommen würden, damit sie für die Batterien bezahlen und vor ihren Feindinnen aus der High School flüchten konnte.

„Ich nehme an, du bleibst eine Weile hier?", fragte Jenna.

„A-hm." Natalies Blick suchte den Gang ab. *Wo ist irgendjemand?*

„Hast du es gesehen, Mary? Bestimmt. Es ist ja überall im Fernsehen und im Internet."

„Ja, ich habe die Live-Übertragung geguckt", sagte Mary, ihre

Stimme genauso nasal, wie Natalie sie in Erinnerung hatte. „Ich dachte, die Kamera würde ausblenden und sie würden die Werbung abspielen, als es wirklich zur Sache ging. Ich meine, das haben sie schon bei Kanye gemacht, oder?"

Den Anstand, es auszuschneiden, würde man von den Produzenten der Preisverleihung erwarten, aber Natalie wusste, dass für die Einschaltquoten nichts besser war als ein Skandal, und Rob DeMarco lieferte ihnen ein Prachtexemplar.

„Es ist nur Hollywood." Natalie zuckte mit den Schultern. Sie brauchte die Batterien nicht so sehr.

„Aber die Dinge, die er gesagt hat … Ich meine, stimmen sie?"

Jenna stachelte sie an, aber Natalie lehnte es ab, in die Falle zu gehen.

Es war nicht nur das, was er vom Podium aus über sie gesagt hatte, nachdem er seinen Preis für den besten Schauspieler abgesahnt hatte, es war auch die Tatsache, dass er sie von all den A-Promi-Galas und Events verbannt hatte, die in der Preisverleihungssaison stattfanden. Er hatte ihr Herz zertrümmert, ihren Ruf *und* ihre Lebensgrundlage zerstört.

Sie sah trotzig in die Gesichter von Jenna und Mary. „Ja. Alles davon." Dann streifte sie an ihnen vorbei, wollte unbedingt fliehen, aber ihr Körper wurde plötzlich von Coop geblockt. *Ernsthaft, konnte das hier noch schlimmer werden?*

„Ladies? Ist irgendwas nicht in Ordnung?" Er schaute von Natalie zu Jenna und Mary, die schuldbewusst nach unten sahen. „Ich glaube, diese junge Dame ist hier reingekommen, um etwas zu kaufen. Ich hoffe, ihr seid gastfreundlich. Wir versuchen, die Besucher wieder nach Playbook Spings zu *locken*, richtig?"

Jenna und Mary drehten sich zu einander und kicherten.

„Sie ist keine Besucherin, Coop. Oder vielleicht ist sie es. Sie ist die gewisse Frau, die sich für kurze Zeit für etwas Besseres hielt und jetzt eine grobe Ladung Realität bekommt." Jenna schritt nach vorn und legte besitzergreifend eine Hand auf Coops

Arm. Sie sah aus wie eine Katze, die einen Kanarienvogel geschluckt hatte.

Bitte, lass ihn nicht mit ihr verheiratet sein! Natalie schaute hin, konnte aber an keiner der beiden Hände einen Ehering entdecken. *Oder sie daten.* Sie könnte es nicht ertragen, wenn er am Ende mit *ihr* zusammengekommen war.

„Was plapperst du denn da?" Coop sah sich Natalie näher an und sie sah, wie er vor Überraschung zusammenzuckte, als er sie erkannte.

„Hi?" Sie winkte ihm kurz zu und lächelte selbsterniedrigend.

„Natalie Haynes? Gott, ich kann nicht glauben, dass ich dich nicht erkannt habe. Brody hat erwähnt, dass du wieder nach Hause kommst, aber ich dachte, das tust du erst in ein paar Tagen."

„Ich dachte mir, ich überrasche sie und komme früher."

„Ich bin mir nicht sicher, ob sie neuerdings etwas bezüglich dich überraschen kann, Natalie", sagte Jenna und zwinkerte Mary zu.

Coop schaute finster auf sie runter. „Kaufst du irgendwas oder bist du nur hier, um die Kunden zu nerven?"

Unbeeindruckt von seiner Züchtigung lächelte sie ihn an. „Ich bin hier, um dich an das Treffen des Stadtrats morgen Abend zu erinnern. Es wird über deinen Vorschlag für die Erweiterung des Ladens abgestimmt."

„Daran muss man mich nicht erinnern." Coop schob seinen Hut nach oben und ging hinter die Kasse. „Ist das alles?", fragte er, als Jenna sich nicht bewegte.

„Ja", sagte sie.

„Gut. Dann lass mich mein Geschäft weiter leiten. Natalie, sind das deine Batterien?"

Natalie sah zu, wie Jenna und Mary gingen, drehte sich dann zu Coop. „Dein Geschäft? Sind deine Eltern in Rente gegangen?"

„Du hast wirklich zu niemandem Kontakt gehabt, nicht wahr?"

„Ich rufe ab und zu zu Hause an."

Sie versuchte, sich nicht verteidigend anzuhören, aber ihr gefiel sein vorwurfsvoller Ton nicht.

Er nickte und begann, die Batterien zu scannen. „Meine Eltern sind bei einem Autounfall auf der Autobahn vor einem Jahr ums Leben gekommen."

„Oh, nein. Oh, Coop. Es tut mir so leid. Ich hatte keine Ahnung." Natalies Hand flog zu ihrem Mund und sie spürte den Stich von Tränen in ihren Augen. „Sie waren so gut zu mir."

„Du warst ihre beste Angestellte." Sein Lächeln war vernichtend. „Sie erzählten mir das immer und immer wieder", kicherte er. „Sie haben immer verfolgt, was du gerade machst. Sie haben sich sogar Abos von diesen Promimagazinen geholt, damit sie deine Fotos sehen konnten. Sie waren sehr stolz auf dich."

„Jetzt wären sie es bestimmt nicht mehr." Sie erschauderte innerlich, fragte sich, wie viel er wusste.

Er lehnte sich an die Wand und verschränkte seine Arme. „Ich glaube, sie wären eher wütend auf den Kerl, der seiner Verantwortung als Vater nicht nachkommen will."

Richtig. Also wusste er viel. Wahrscheinlich alles, und ihr Gesicht lief vor Erniedrigung rot an. Natalie legte beschützerisch eine Hand auf ihren Bauch, während ihr Mut noch weiter sank. „Ich wette, alle in der Stadt wissen es, nicht wahr?"

Mitgefühl leuchtete in seinen Augen auf. „Du warst hier schon ein Promi – und nicht nur, weil du nach Kalifornien gezogen bist. Die Haynes-Ranch ist ein großer Arbeitgeber in der Gegend. Der ganze Ort lebt und stirbt mit dem Schicksal eurer Ranch."

„Es ist die Ranch meines Vaters. Und Lucilles. Nicht meine. Außerdem gibt es in der Gegend noch andere Ranchen."

„Nicht so groß wie eure", beharrte Coop.

„Die meines Vaters. Und Lucilles", bestand sie darauf. Denn jeder wusste, dass es das Familienvermögen von Lucille war und die Tatsache, dass sie das Gut zusammenfügte, was die Haynes-

Ranch damals rettete und sie zu dem machte, was sie heute war. Die Stadtbewohner – zumindest die Kids in der Schule – hatten sie das niemals vergessen lassen.

„Eigentlich auch die deines Bruders. Brody hat jetzt hauptsächlich die Leitung übernommen."

Noch etwas, was ihr nicht bekannt war. Plötzlich spürte sie das Verlangen, nach Hause zu kommen, damit sie all das, was in Playbook Springs passiert war, nachholen konnte und nicht wieder unvorbereitet erwischt werden konnte. „Wie viel schulde ich dir?"

„Dreiundzwanzig siebzehn."

Sie gab ihm ihre Kreditkarte und wartete, bis er sie eingescannt hatte.

„Abgelehnt."

„Was? Das ist unmöglich." *Nein, nein, nein.* Panisch kramte sie in ihrem Geldbeutel nach einer anderen. „Probier's mit der."

Einige Sekunden später schüttelte er seinen Kopf und gab sie ihr zurück. „Wieder abgelehnt. Hör zu, Natalie, mach dir keinen Kopf. Ich weiß, dass du das Geld hast. Bring das in Ordnung und wir klären das später."

„Du verstehst es nicht. Das ist mein eigenes Geld. Nicht *seins*. Es sollte nicht gesperrt sein."

„Willst du von hier aus die Bank anrufen?"

„Nein." Natalie versuchte frustriert zu ergründen, wie das passieren konnte. Sie und Rob hatten zwar ihre Konten miteinander verknüpft, aber sie hatten beide die Kontrolle über ihr eigenes Geld behalten. Irgendwie hatte Rob ihre Mittel eingefroren und Natalie wusste, dass es mehr als nur einen Telefonanruf brauchen würde, um die Sache wieder in Ordnung zu bringen. „Ich zahle es dir zurück."

„Sicher." Coop legte die Batterien in eine Tüte und reichte sie ihr. Gerade, als sie sie nehmen wollte, zog er sie zurück. „Hey, ich habe eine Idee. Wenn du Interesse hast."

„Du möchtest Sex für die Batterien?" Es war ein Scherz, aber als sie es aussprach, erinnerte Natalie sich an ihre kindlichen Fantasien und einen kurzen Moment lang wünschte sie sich, dass alles anders wäre. Sie bereute das Baby nicht. Trotz allem liebte sie es bereits. Sie bereute nur, dass sie Rob falsch eingeschätzt hatte. Er war nicht der Mann, für den sie ihn gehalten hatte. Coop andererseits würde sein Kind niemals im Stich lassen. Aber er würde auch mit keiner Frau was anfangen, die „beschädigte Ware" war.

„Ah, nein." Er krümmte und räusperte sich. „Da du wieder da bist und vielleicht etwas brauchst, um beschäftigt zu bleiben, wollte ich dir eigentlich einen Job anbieten, einen vorübergehenden, falls du nach einer Tätigkeit auf der Suche bist. Ich meine, ich weiß, dass du fotografieren wirst, aber wenn du einen Job willst, der dich wieder ans Leben hier gewöhnt, du vielleicht wieder ein bisschen in Kontakt mit den Ortsbewohnern kommst, dich wieder anpasst …"

Ihre Augenbrauen hoben sich vor Überraschung. „Du möchtest, dass ich wieder im Heimwerkermarkt arbeite?"

„Nicht direkt. Brody hat große Pläne für die Ranch und wir hoffen, dass wir dem Tourismus in Playbook Springs auf die Sprünge helfen können. Ich will den Heimwerkermarkt erweitern und Dinge anbieten, die sich für Touristen eignen – vielleicht sogar einen separaten Geschenkeshop eröffnen, wenn der Stadtrat mir morgen grünes Licht gibt."

„Was soll ich dann machen?"

„Hör zu, ich bin ein Cowboy. Was weiß ich schon von diesen Geschenken? Du bist Fotografin, Künstlerin. Und du bist viel gereist. Ich hatte gehofft, du würdest mir helfen, die Artikel auszuwählen und sie aufzustellen, bevor du dich wieder deiner Fotografie hingibst und weitermachst. Ich nehme an, du bleibst zumindest eine Weile, richtig?"

„Du meinst, zumindest sieben Monate? Oder lange genug, um meine Wunden zu lecken und mich von der öffentlichen Bloßstellung zu erholen?"

Er runzelte die Stirn. „Es gibt nichts, wofür du dich schämen müsstest."

„Für dich ist es einfach, das zu sagen. Dein Gesicht ist nicht in jedem Tabloid im Land mit der Schlagzeile ‚Schwangere Schmarotzerin'."

Coops Hände ballten sich zu Fäusten zusammen und Wut kam über sein Gesicht. „Diese Magazine sind die Schmarotzer, ernähren sich vom Unglück anderer. Das bist du nicht und alle hier wissen das auch." Er atmete tief ein und seine Gesichtszüge wurden wieder weicher. „Hör zu, Natalie, es war nur ein Gedanke. Wenn du kein Interesse hast, dann ist das in Ordnung. Ich möchte dich nicht dazu drängen, etwas zu tun, was du nicht möchtest. Ich glaube, du hast in letzter Zeit genug davon gehabt, dass Leute dir Druck machen."

Ihr Atem stockte, und sie blinzelte die dankbaren Tränen weg, die sich formten. War es wirklich schon so lange her gewesen, seit sie diese einfache Nettigkeit erfahren hatte? Wenn es nur darum ginge, sich selbst zu versorgen – Coop wusste, dass ihr Vater und Bruder sich um sie kümmern würden. Aber es schien, als hätte er sich an etwas erinnert – dass ihre Ehre unglaublich gekränkt wäre, wenn sie sich nicht auch um ihr Baby kümmern würde. Da stand er also, bot ihr einen Job an, und das nicht nur des Geldes wegen, sondern er gab ihr auch einen Grund, wieder mit den Menschen aus der Gemeinde zu interagieren, anstatt das zu tun, was sie wahrscheinlich sonst getan hätte – sich auf der Ranch ihres Vaters zu verstecken und aus Beschämung heraus den Menschen aus dem Weg zu gehen. „Eigentlich habe ich Interesse", sagte sie. „Ich brauche ja offensichtlich einen Job und ich glaube, es würde Spaß machen." Und da war noch die Gelegenheit, eng mit Coop zusammenzuarbeiten, der nicht nur so attraktiv wie eh und je war, sondern offensichtlich ein sensibler und netter Mann. Das wäre das Sahnehäubchen der ganzen Sache, nicht nur, weil es Jenna auf den Senkel gehen würde.

„Na, super! Ich sag dir Bescheid, was der Stadtrat entschieden hat." Coop gab ihr die Tüte. „In der Zwischenzeit könntest du deinen kleinen Sportwagen in Benson's Autowerkstatt bringen und Corey bitten, dir Winterreifen zu bestellen. Ich fahre dich nach Hause. Ich muss sowieso noch was Geschäftliches mit Brody besprechen."

„Ich weiß nicht mehr, ob das so eine gute Idee ist." Natalies Herz begann zu rasen, als Coops Truck von der Hauptstraße abbog und über den Metallrost ratterte, der das Vieh davon abhalten sollte, vom Ranchgelände zu wandern. „Vielleicht sollte ich mir ein Hotelzimmer nehmen und erst in ein paar Tagen zurückkommen, so wie es meine Familie erwartet."

„Wovor hast du Angst? Du weißt, dass sie begeistert sein werden, dass du zu Hause bist."

Könnte sein. Ihr Vater und ihr Bruder liebten sie, daran hatte sie keinen Zweifel, aber zu der Zeit, als sie gegangen war, hatte sie sich nicht gerade um den reibungslosen Ablauf im Haushalt der Haynes bemüht. Sie war zu sehr damit beschäftigt gewesen, ihren Widerwillen gegen ihre Stiefmutter jedem zu zeigen, der es sehen konnte. Sie war nicht mehr dieses unreife Mädchen, aber wahrscheinlich waren Lucille, ihr Vater und Brody darüber besorgt, wie sie sich verhalten würde. Je näher sie dem Haus ihrer Familie kam, desto stärker fühlte sie den Drang, wegzulaufen. Sie warf Coop einen Blick zu.

Sie sollte ihm sagen, dass sie seinen Job nicht annehmen konnte; sie würde nicht lange genug hier sein. Aber er war so wundervoll zu ihr. Ihr Teenager-Selbst wäre mit der Aufmerksamkeit, die er ihr schenkte, überglücklich gewesen. Mit seinen Eltern im Heimwerkermarkt zu arbeiten war ihre Rettung gewesen. Vielleicht würde die Arbeit mit ihm jetzt das Leben in Playbook Springs erträglich genug machen, bis das Baby kam.

Natalie konnte sehen, wie ihr Vater, ihr Bruder und Lucille ihr von der Veranda aus zuwinkten, als sie neben dem zweistöckigen Holzhaus anhielten. Sie wandte sich an Coop. „Du hast angerufen, um sie vorzuwarnen, dass ich früher komme?"

Er zuckte mit den Schultern. „Ich habe Brody einfach nur Bescheid gesagt, dass ich auf dem Weg bin und eine hübsche kleine Überraschung mitbringe, die gerade aus dem La-la-Land angereist ist. Ich schätze, er hat zwei und zwei zusammengezählt."

„Denkst du?" Natalie hatte während ihrer langen Fahrt von Los Angeles in ihrem Kopf verschiedene Heimkehr-Szenarien abgespielt. In den meisten von ihnen rannte sie ins Haus und rief: „Ich bin zu Hause!" Sie hatte in jedem Fall das Überraschungsmoment auf ihrer Seite.

Coop kicherte, als er aus dem Wagen stieg und herumging, um Natalies Tür zu öffnen. Er drückte sanft ihre Hand, als er ihr raushalf. „Es wird gut."

Ihr Vater, Perry, ging die Treppe hinunter und zog Natalie in seine Arme. Ihr Gesicht war gegen seine breite Brust gequetscht und sie konnte nicht atmen, aber sie entspannte sich an ihm, als seine starken Arme sie festhielten. Sie atmete tief seinen vertrauten After Shave ein und seufzte. Er war ihr Zuhause. Wenn es nur er – und Brody – wären, wäre der Rest egal.

Er ließ sie los und sie trat zurück und sah zu ihm auf. Sein gebräuntes Gesicht war blasser und hatte mehr Falten, als sie es in Erinnerung hatte. Sein graues Haar war dünner geworden und sie bemerkte einen deutlichen Buckel auf seinen Schultern. Die Erkenntnis, dass er gealtert war, während sie weg gewesen war, sorgte dafür, dass sich der Übergang von fünf Jahren wie zwanzig Jahre anfühlte.

„Ich bin froh, dass du zu Hause bist, Natty." Er wischte sich mit einer Hand übers Gesicht und sie merkte, dass er weinte.

„Oh, Papa, es tut mir leid, dass es so lange her ist." Sie stand auf ihren Zehenspitzen und küsste seine Wange.

„Hey, du." Brody, temperamentvoll wie immer, hob sie vom Boden und wirbelte sie herum, wobei er seinen Hut abwarf. „Willkommen zu Hause, Sprite."

„Lass mich runter!" Obwohl die beiden dieselben grünen Augen hatten, überragte er sie um mehr als dreißig Zentimeter, und im Gegensatz zu ihrer Zierlichkeit stand seine Breite.

Er stellte sie sanft ab und grinste auf sie herab. „Nur weil ich nicht will, dass es meiner zukünftigen Nichte oder meinem Neffen schwindelig wird. Sonst würde ich dich den ganzen Tag umarmen und herumwirbeln."

Sie küsste seine Wange. „Nun, deine zukünftige Nichte oder dein Neffe dankt dir." Sie sah ihren Vater an und sagte: „Es ist in Ordnung für dich, dass du Großvater wirst?"

„Es ist dein Baby. Natürlich ist es in Ordnung für mich. Lucille und ich können es kaum abwarten, Großeltern zu werden."

Genau. Lucille.

„Willkommen zu Hause, Natalie." Lucille stieg langsam die Stufen hinab und sah in einem wadenlangen Pelzmantel wie immer elegant aus. Ihr kurzes, kupferfarbenes Haar war grauer als zuvor, aber es war um ihr Gesicht konzentriert, fast so, als hätte sie einen Pinsel genommen und silberne Akzente aufgetragen. Sie alterte schön. Aber Natalie hatte sowieso nichts anderes erwartet.

Sie versteifte sich, als ihre Stiefmutter näher kam, und sie konnte sich nicht daran erinnern, wann sie Lucille das letzte Mal umarmt hatte. Hatte sie es jemals? Lucille musste ihr Zögern gespürt haben, denn sie blieb stehen und sah unsicher aus, was sie als nächstes tun sollte. „Lasst uns alle auf eine Tasse irgendwas reingehen", sagte sie schließlich. „Es ist kühl hier draußen."

„Siehst du? Ich habe dir doch gesagt, dass du dir um nichts Sorgen machen musst", flüsterte Coop in Natalies Ohr, als er ihr in die Küche folgte und dabei einen Stapel schmutziges Geschirr vom Abendessen trug. Er wurde für einen kurzen Moment von ihrem süßen Duft überrumpelt. Es erinnerte ihn daran, wie überrascht er war, als er auf dem Parkplatz vor dem Heimwerkermarkt ihren Sturz aufhielt. Er wusste zu dem Zeitpunkt nicht, dass sie es war, aber er wusste definitiv, dass es eine umwerfende Frau war, zu der er augenblicklich eine Anziehung spürte.

Als er herausgefunden hatte, dass sie Brodys Schwester war, überschwemmten ihn die Erinnerungen. Wie sie ständig versuchte, überall mit ihnen mitzugehen. Wie sie ihn mit solch einer Bewunderung ansah, wenn sie dachte, er würde nicht schauen. Er hatte vermutet, dass sie in ihn verknallt war, aber zu der Zeit hatte er den Gedanken komplett verworfen. Sie war zu jung. Sie war Brodys Schwester. Sie war für ihn wie eine Schwester.

Aber jetzt war sie das nicht mehr. Sie war eine Frau. Eine, die sich an einen Mann gehängt hatte, der weder sie noch ihr ungeborenes Kind gut behandelte. Kein Wunder, dass Coop eine beschützerische Haltung ihr gegenüber einnahm, was der *einzige* Grund sein musste, warum er ihr spontan den Job im Geschenkeladen angeboten hatte. Aber sobald die Worte seinen Mund verlassen hatten, hatte er begriffen, dass alles, was er gesagt hatte, wahr war. Sie hatte das Auge eines Künstlers und das wäre ein ungemeiner Gewinn bei seinem Ziel der Erweiterung des Heimwerkermarktes. Und wenn er ihr helfen und sie näher kennenlernen konnte, dann war das ein großer Bonus.

Egal, wie sehr er sich zu ihr hingezogen fühlte, er konnte es nicht wagen. Sie musste sich wieder erholen. Sie war schwanger mit dem Baby eines anderen Mannes. Wichtiger noch, sie war nur vorübergehend hier und sie war Brodys kleine Schwester. Das alles waren Gründe, um sich von ihr fernzuhalten.

Eigentlich hätte er wohl gleich gehen sollen, nachdem er sie abgesetzt hatte, damit sie wieder Zeit alleine mit ihrer Familie verbringen konnte.

Nur, dass sie darauf bestanden hatte, dass er zum Dank dafür, dass er sie auf die Ranch rausgefahren hatte, zum Abendessen bleiben sollte. Er nahm an, dass sie versuchte, es hinauszuzögern, mit ihrer Familie alleine zu bleiben und die sehr persönlichen Fragen zu beantworten, die sie ihr in seiner Anwesenheit nicht stellen würden.

Brody. Perry. Lucille. Sie waren alle so aus dem Häuschen, dass Natalie wieder zu Hause war, dass es für Coop unergründlich war, wieso sie immer noch so angespannt zu sein schien. Die Tatsache, dass sie schwanger und nicht verheiratet war, war ihnen vollkommen egal. Sie gaben ihr Bestes, um es ihr so angenehm wie möglich zu machen.

Natalie beobachtete aufmerksam, wie sich das Wasser im Spülbecken auffüllte, und ein Finger machte Muster in den sich formenden Seifenblasen. Er wollte ihr sagen, sie solle die liebevolle und unterstützende Familie schätzen, die sie hatte, weil das Leben unvorhersehbar war und einem von der einen Sekunde auf die andere alles nehmen konnte. Aber es ging ihn nichts an. Er hoffte, sie würde es begreifen, ohne sich die Qual der Reue anzutun.

„Nein, nein, nein!" Lucille stürmte in die Küche. „Lasst das Geschirr. Natalie, geh und leg deine Füße hoch, und du, Daniel Cooper, du solltest es besser wissen. Ich erlaube meinen Gästen nie, aufzuräumen."

„Gott, Lucille, ich dachte, nach all diesen Jahren wäre ich eher Familie als Gast." Er zwinkerte ihr zu. Er mochte Lucille und sie war ein toller Zusatz zur Familie Haynes, als sie vor zehn Jahren

Perry geheiratet hatte. Brody mochte sie auch, und nicht nur, weil sie eine hervorragende Köchin war. Natalie hingegen war nie wirklich warm mit ihr geworden. Er wusste, warum. Er hatte Gerüchte gehört, die die Menschen darüber verbreitet hatten, dass Perry Lucille nur ihres Geldes wegen geheiratet hatte, aber er hatte ihre Beziehung mit seinen eigenen, den Augen eines jüngeren und eines älteren Mannes, gesehen. Es war offensichtlich, dass Perry und Lucille sich wirklich aufrichtig liebten. Und vielleicht war es für Natalie noch schwerer, das zu akzeptieren, da ihre Mutter nur wenige Monate tot war, bis sich Perry in eine andere Frau verliebt hatte. Hatten Vater und Tochter jemals darüber gesprochen?

„Komm schon, Natalie, wir werden rausgeschmissen", sagte Coop und wich dem Küchentuch aus, mit dem Lucille spielerisch nach ihm ausholte.

„Ich muss meine Füße nicht hochlegen", sagte sie dickköpfig, während sie weiter das ansteigende Wasser im Spülbecken beobachtete.

Lucilles Lächeln wich für einen Moment. „Naja, dann kannst du vielleicht einen Tee machen und dich zu deinem Vater ins Wohnzimmer setzen."

„Tee? Seit wann trinkt er abends Tee? Sonst war es immer ein guter Schuss Crown Royal."

Lucille hielt inne und ein Hauch von Pink kam über ihre Wangen. „Wir versuchen in letzter Zeit alle, ein bisschen gesünder zu leben. Er trinkt jetzt abends Kräutertee. Hilft ihm dabei, besser einzuschlafen."

Coop lehnte sich rüber, um den Wasserhahn abzudrehen. Sie hatten Natalie also nichts von Perrys gesundheitlichen Problemen erzählt? Sie hatte ihnen nicht erzählt, was bei ihr los war; sie hatten ihr nicht erzählt, was bei ihnen los war. Fünf Jahre Trennung waren eine lange Zeit. Hoffentlich würde ihre Zeit zu Hause der Familie dabei helfen, die Schwierigkeiten zu überwinden, wegen denen sie ursprünglich überhaupt von zu Hause weggegangen war.

„Ich glaube, ich gehe einfach ins Bett", sagte Natalie, trocknete ihre feuchten Hände an ihrer Hose ab, als sie die Küche verließ. Für einen kurzen Moment löste sich Coops Entschlossenheit, über Natalie als eine Schwester anstatt als eine attraktive Frau zu denken, in Luft auf, als sie begann, mit ihrem festen, reizenden Hintern hin und her zu schwanken.

Dann fing eine Bewegung seinen Blick, als Lucille auf der Arbeitsplatte zusammensackte.

„Das wird schon", sagte Coop. „Sie hat eine Menge durchgemacht und es ist bestimmt schwer, unter solchen Umständen nach Hause zu kommen."

Lucille nickte. „Ich weiß. Du hast recht. Es ist nur, dass sie nie wirklich warm mit mir geworden ist. Und ich weiß auch, warum. Ich habe Perry gesagt, es sei zu früh, um zu heiraten, aber er wollte nicht warten. Er wollte, dass seine Kinder wieder eine Familie haben, aber wann immer ich versuchte, Natalie eine Mutter zu sein, fasste sie es so auf, als würde ich die eine, die sie verloren hat, ersetzen wollen."

„Hast du mit ihr darüber gesprochen? Oder hat Perry versucht, mit ihr darüber zu sprechen?"

„Wir haben es versucht, einige Male, aber sie hat einfach nur dicht gemacht. Ich hoffe, dass jetzt, da sie zurück ist ..."

Lucille zuckte mit den Schultern, aber in ihren Augen waren sowohl Hoffnung als auch Hoffnungslosigkeit.

Coop legte seine Hände auf ihre Schulter und küsste sie auf die Schläfe. „Gib ihr Zeit. Sie ist eine intelligente, nette Frau. Sie wird es schon noch verstehen. Danke für das tolle Abendessen."

Er fand Brody im Heimbüro, das er von seinem Vater übernommen hatte, nachdem Perry vor zwei Jahren einen leichten Schlaganfall erlitten hatte. „Ich glaube, ich mache mich auf den Weg. Ich habe noch viel, was ich für die Ratsversammlung morgen vorbereiten muss", sagte Coop.

„Komm kurz rein", sagte Brody, lehnte sich auf seinem Stuhl zurück und winkte ihn ins Zimmer rein.

Coop musste immer lächeln, wenn er Brody am Tisch seines Vaters sitzen sah. Er erinnerte sich daran, wie die beiden sich in Perrys Schnapsvorrat geschlichen hatten, als sie jünger waren. Zu der Zeit mussten sie sich gekonnt um Boxen mit Akten und Papier schlängeln, aus Angst, zufällig etwas durcheinanderzubringen und sein sorgfältig desorganisiertes Chaos zu stören. Das erste, was Brody gemacht hatte, als er die Leitung übernommen hatte, war, alles zu digitalisieren und so viel Papier wie möglich loszuwerden. Coop kam das Büro jetzt fad vor. Damals hatte er es gemocht, Dinge um sich zu haben, die er tatsächlich auch berühren konnte. Er genoss das Gefühl von Errungenschaft, das er empfand, wenn er die vollgepackten Gänge seines Heimwerkermarkts entlang ging.

„Was geht mit dir und Natalie?"

Die Frage überraschte Coop und er fühlte sich gleich schuldig. Immerhin hatte er nur Natalies Hintern in der engen Jeans bewundert, oder? „Nichts geht. Ich habe ihr nur Batterien verkauft und sie nach Hause gefahren." Coop gefiel nicht, wie Brody die Stirn runzelte und wie sich sein Mund zu einer strengen, festen Linie formte. Auch wenn sein Freund seine Anziehung zu Natalie gewittert hatte, musste er doch wissen, dass Coop das niemals machen würde, vor allem nicht in der Situation, wie sie im Moment war. „Was wirfst du mir vor?"

„Hör zu, Mann. Ich weiß, dass du die Rolle des Retters in der Not, des netten Kerls magst, aber sie ist meine Schwester. Sie hat eine Menge durchgemacht. Das letzte, was sie jetzt braucht, ist, sich auf einen anderen Mann einzulassen. Auch wenn dieser Mann mein bester Freund ist."

„Du meinst, *vor allem* dann, wenn er dein bester Freund ist", sagte Coop und bereute sofort, dass ihm das rausgerutscht war. Was war in ihn gefahren? Er hielt seine Hände hoch und gab sich geschlagen. „Ich weiß nicht, warum ich das gesagt habe. Du musst dir keine Gedanken machen, Mann. Wirklich. Ich habe mich nur um die kleine Schwester meines besten Freundes gekümmert."

„Das weiß ich zu schätzen. Es musste nur gesagt werden. Nur, damit wir uns richtig verstehen."

Coop wusste nicht, wieso Brodys Vorsicht ihn so sehr irritierte. Es war ja nicht so, als plante er, es bei Natalie zu versuchen. Aber wenn er Interesse an ihr hätte – es könnte sie schlimmer treffen, es hatte sie eigentlich viel schlimmer getroffen. Und doch war es egal. Er und Brody waren so eng wie zwei Brüder, und wenn Brody nicht wollte, dass er was mit seiner Schwester hatte, war das das Ende der Geschichte. Er hatte nur ausgesprochen, was Coop bereits wusste. „Wir verstehen uns", sagte er. „Wenn das alles ist, dann sehen wir uns später."

Coop nahm seinen Hut und seinen Mantel vom Kleiderständer im Flur, trat auf die Veranda und schaute nach oben in den klaren Januarhimmel. Er atmete tief ein und genoss den Duft von Holzrauch an der Feuerstelle unten bei den Ställen.

„Ich habe auf dich gewartet."

Verdutzt drehte sich Coop zur Stimme um und sah eine Gestalt, die sich auf die Bank neben der Eingangstür setzte.

„Natalie? Was machst du hier draußen? Es ist eiskalt."

„Deswegen bin ich ja in diesen Schlafsack eingewickelt", sagte sie.

Er setzte sich neben sie. Sie öffnete den Reißverschluss des Schlafsacks und breitete ihn aus, um beide zu bedecken.

„Bist du sicher, dass dir warm genug ist? Und dem Baby?", fragte er, lehnte sich rüber, um den Schlafsack fester um sie zu wickeln.

„Ach, um Himmels Willen. Ich bin schwanger, nicht behindert."

„Tut mir leid, dass ich besorgt bin."

„Nein, mir tut es leid. Ich hätte dich nicht so anfahren sollen. Es ist nur … Ich weiß nicht … Hier zu sein …" Sie seufzte heftig.

„Wieso fällt es dir so schwer, die Liebe und die Unterstützung deiner Familie anzunehmen?" Der Mond war fast voll und machte es ihm leicht, ihren verhaltenen Gesichtsausdruck zu sehen. Er wusste, dass er das Thema sein lassen sollte, aber er drängte trotzdem. „Sie wollen nur helfen."

„Du musst mich für eine schreckliche Person halten." Sie hob ihre Hand, um ihn davon abzuhalten, gegen das Argument anzukämpfen. „Ich kann nicht erklären, wieso sich das Hiersein wie eine Gefangenschaft anfühlt."

„Gefangenschaft auf einer Ranch von tausenden von Hektar? Gefangenschaft auf einem der schönsten Flecken der Erde? Ich halte dich nicht für eine schreckliche Person, ich verstehe nur nicht, wie jemand mit deinem künstlerischen Sinn nicht so viel Zeit wie möglich hier verbringen möchte."

„Das kommt daher, dass du perfekte Eltern hattest."

Er schnaubte. „Niemand hat perfekte Eltern. Ich habe meine zu schätzen begonnen, als ich älter wurde, wir hatten auch unsere Meinungsverschiedenheiten." Er lehnte sich zurück und schloss seine Augen. Was er nicht drum geben würde, sie wiederhaben zu können. Meistens fand er, dass er einen ziemlich guten Job im Heimwerkermarkt machte, aber es gab immer wieder Situationen, in denen er sich wünschte, sie um Rat fragen zu können.

„Oh, Coop, ich habe es vergessen." Sie griff unter dem Schlafsack nach seiner Hand. „Vergib mir, weil ich so unsensibel war."

Ihre Hand fühlte sich in seiner so winzig an. „Ist in Ordnung. Ich vermisse sie zwar, aber wir standen in einem guten Verhältnis zu einander, als sie starben." Er begriff, dass sein Daumen sanft über ihre Handfläche kreiste, und hielt dann abrupt an, ließ aber nicht los. „Vielleicht kannst du das auch schaffen, während du hier bist?"

Natalie zog ihre Hand weg. „Nein, es ist nicht dasselbe. Wenn es nur Papa und Brody und ich wären, dann wäre es in Ordnung. Es sind aber nicht nur wir."

„Nein, es ist Lucille." Coop drehte sich auf der Bank, sodass er sie ansah. „Ich weiß, dass es dich verletzt haben muss, dass Perry sie so bald nach dem Tod eurer Mutter geheiratet hat, aber manchmal lässt die Liebe Menschen das machen, was andere einfach nicht verstehen können. Sie ist eine tolle Frau, der sehr viel an euch allen liegt."

Als Natalie nicht antwortete, hatte er Angst, dass er zu weit gegangen war, und bereitete sich darauf vor, sich zu entschuldigen. Es ging ihn sowieso nichts an.

„Du hast recht", sagte sie und überraschte ihn.

„Das habe ich?"

„Ja, das hast du. Ich war vierzehn, als er Lucille geheiratet hat. Alle haben von mir erwartet, sie als meine Mutter zu akzeptieren – vor allem Lucille selbst. Vielleicht hatte ich mit vierzehn, als ich immer noch um meine Mutter trauerte, auch allen Grund dazu, sie abzulehnen, aber mit den Jahren hätte ich darüber hinwegkommen müssen. Ich hätte daran denken sollen, wie glücklich sie meinen Vater macht."

„Sei nicht so streng zu dir selbst. Du warst jung, wie du bereits sagtest. Und ich habe die Gerüchte gehört, die die Leute verbreitet haben."

„Das hast du?"

Er nickte. „Ja. Du und deine Familie hatten es nie leicht. Perry hatte damit zu kämpfen, die Ranch nicht zu verlieren. Die Menschen fragten sich, ob er sie wegen ihres Geldes und Guts geheiratet hatte. Glaubst du das?"

„Natürlich nicht!", sagte Natalie. „Aber es spielte keine Rolle, was ich glaubte. Ich wurde von den Mädchen in meiner Klasse geächtet. Und keiner der Jungs wollte was mit mir zu tun haben, wenn es die Mädchen nicht wollten. Und der einzige, der Interesse gezeigt hatte, war schnell wieder weg, als die Mädchen ihn beschuldigten, dass er nur an mein Geld kommen wollte. Sie nannten mich *eine Lucille*! Zu der Zeit war es die schlimmste Beleidigung, die ich mir hätte vorstellen können. Und dann bin ich weg. Gegangen. Dachte, dass ich endlich ein Zeichen setzen würde, irgendwo, wo ich dachte, dass ich dorthin gehöre. Das tue, was ich tun sollte. Aber dann kam Rob … und er …" Sie bedeckte ihr Gesicht mit ihren Händen. „Ich kann nicht glauben, dass ich ihn jemals geliebt habe."

Coop legte instinktiv seine Arme um sie und zog sie nahe heran. All diese Jahre später waren seine Emotionen immer noch unverarbeitet. Hinzu kam alles, was Rob DeMarco ihr angetan hatte. Es war kein Wunder, dass sie über die Rückkehr nach Hause gemischte Gefühle hatte. Sie war so winzig in seinen Armen und schien so zerbrechlich. Er wollte auf Jenna und all die anderen Mädchen aus der High School losgehen, die sie so schlimm verletzt hatten. Er wollte seine Finger an DeMarco bekommen und ihm in den Hintern treten. Und das wollte er schon, seit er gehört hatte, was er ihr angetan hatte, sogar noch, bevor er Natalie wieder von Angesicht zu Angesicht gesehen hatte.

Vor allen Dingen wollte er sie beschützen und ihr all ihren Schmerz nehmen.

Er konnte ihren warmen Atem auf seinem Hals spüren, als sie sich bemühte, ihr Schluchzen aufzuhalten. Wieder erfasste er ihren wunderbaren Duft. War das Vanille? Und ihr Kopf passte so schön unter sein Kinn …

Plötzlich stieß sie sich von ihm weg und setzte sich aufrecht hin. „Tut mir leid. Schwangerschaftshormone", sagte sie mit einem halbherzigen Lächeln. Sie wischte mit einer Hand über ihre Augen. „Es geht mir gut. Ich habe eigentlich nur darauf gewartet, dir dafür zu danken, dass du mir den Job angeboten hast."

Er nickte, unfähig zu sprechen. Was war soeben passiert? Er wusste, dass er aufstehen und gehen sollte, aber er hatte Angst, dass sie die Beule im Schritt seiner Jeans sehen könnte, wenn er aufstand.

Gott, und hatte Coop nicht gerade seinem besten Freund

versprochen, dass er sich hinsichtlich ihm und Natalie keinen Kopf machen musste? *Reiß dich zusammen, Mann.*

„Soll ich morgen kommen?", fragte sie.

„Nein." Gut, zumindest hörte sich seine Stimme normal an. „Lass uns mal abwarten, was der Rat morgen Abend entscheidet. Danach werde ich eine bessere Vorstellung davon haben, was zu tun ist."

„Okay." Sie stand auf und wickelte den Schlafsack um sich herum. „Gute Nacht. Und danke nochmal."

Sein Blick folgte ihr über die Veranda und ins Haus hinein. Er stand langsam auf und ging zum Truck. Er half nur der Schwester seines besten Freundes, das redete er sich zumindest immer und immer wieder wie ein Mantra ein. Er sollte es lieber nicht vergessen.

KAPITEL 3

„Hey, Coop, warte mal."

Coop blieb stehen, damit Brody ihn einholen konnte. „Hey, Mann, ich wusste nicht, dass du auch zum Treffen kommen wolltest." Er war erleichtert, als er seinen Freund sah. Obwohl er sich ziemlich sicher war, dass zwischen ihnen alles in Ordnung war, als er die Ranch verlassen hatte, ließ ihm Brodys Vorsicht bezüglich Coop und Natalie immer noch keine Ruhe. Es half auch nicht, dass er nicht aufhören konnte, sich immer wieder daran zu erinnern, wie er unter dem Schlafsack an Natalie gekuschelt war. *Mann, wenn Brody das wüsste!*

Brody zuckte mit den Schultern. „Wieso würde ich nicht kommen? Bei diesem Projekt steht für mich fast genauso viel auf dem Spiel wie für dich."

Coop schüttelte ihm die Hand und klopfte ihm auf den Rücken. „Danke. Zu wissen, dass du mit an Bord bist, wird sicher helfen."

„Hoffentlich wird es zumindest nicht schaden."

Coop nickte und sie gingen schweigend weiter über den Parkplatz. Brodys Plan, die Rinderfarm der Haynes auszubreiten und eine Ferienranch für Touristen einzurichten, wurde von den

Bewohnern von Playbook Springs verschieden aufgenommen. Manche sahen die Verbesserung des Tourismus als eine gute Möglichkeit, den Ort wieder zu beleben und die jungen Leute davon abzuhalten zu gehen und unten in Cheyenne Arbeit zu suchen, oder sogar in einem anderen Staat. Andere aber befürchteten, Fremde würden die Stadt stürmen und sie würden das friedliche Leben verlieren, das sie gewohnt waren. Der Stadtrat konnte Brody zwar nicht aufhalten, aber er könnte Coops Plan bremsen, seinen Laden zu erweitern.

„Schau mal, da sind Corey und Will", sagte Coop, winkte den zwei Männern zu, die auf dem Bürgersteig vor dem Rathaus standen und plauderten.

„Ich glaube, wir sind gut in Form", sagte Will Shepherd und klopfte leicht auf seine Brieftasche. „Ich habe alle nötigen Argumente."

„Danke, Mann." Coop wusste alles zu schätzen, was sein Freund tat, um ihm zu helfen. Will hatte eine gut laufende Anwaltskanzlei, hatte aber Coops Projekt beachtliche Zeit und Energie gewidmet. Bis jetzt hatte er jegliche Bezahlung von ihm abgelehnt – das war etwas, was Coop wiedergutmachen musste, aber darum würde er sich später Gedanken machen.

„Nun, sieht so aus, als seien die Vier Cowboys wieder vereint. Die Töchter sollten sich lieber in Acht nehmen. Lasst uns reingehen und es ihnen zeigen", sagte Brody.

„Yee-ha!", riefen die anderen drei im Chor.

Ein schwarzer Pick-Up Truck fuhr über den Parkplatz, wirbelte mit den Reifen Staub auf, ehe er mit einem Quietschen neben der Gruppe stehen blieb. Die verdunkelten Fensterscheiben fuhren runter und Natalie steckte ihren Kopf raus. „Oh, gut, ich bin nicht zu spät."

Coop drehte sich zu Corey Benson. „Ich dachte, du würdest ihr nur einen Satz neue Winterreifen verkaufen und nicht gleich einen ganzen Truck."

Corey grinste breit. „Der ist viel sicherer für die Straßen hier." Er ging zum Truck und klopfte an die Fahrertür. „Wie läuft er?"

Coop war irritiert vom bezaubernden Lächeln, das Natalie Corey als Reaktion schenkte, und noch genervter vom Ton von Wills Stimme, als er fragte: „Wer ist denn diese Göttin?"

„Halt dich zurück." Brodys Stimme war vernichtend. „Das ist meine kleine Schwester. Für euch Rüpel ist sie tabu."

„Das ist die kleine, burschikose Natalie?" Will schien ungläubig.

„Geh parken. Wir warten auf dich", sagte Brody zu seiner Schwester.

„Hey, Brody, ich habe deiner Schwester nur geholfen, um dir einen Gefallen zu tun", sagte Corey zerknirscht, als Natalie mit dem Wagen vom Bordstein fuhr. „Das kleine Auto, das sie hatte, wäre nicht sehr sicher, auch wenn sie einen ganz neuen Satz Winterreifen hätte."

„Weiß ich zu schätzen", sagte Brody, umarmte ihn und rieb liebevoll seinen Kopf.

Coop wusste nicht, wieso es ihn störte, dass Corey Natalie einen Truck verkauft hatte, auch wenn er sich ziemlich sicher war, dass sein Freund beim Tauschgeschäft mit dem Miata einen sicheren Verlust gemacht hatte. Und in Sachen sich um sie kümmern ... Nun ja, Coop war der erste, der Natalie gesehen hatte, als sie wieder in die Stadt zurückgekehrt war, und derjenige, der darauf bestanden hatte, dass sie zu Coreys Werkstatt fuhr. *Und* er hatte ihr einen Job angeboten. Verdammt, wenn sich jemand um Natalie kümmerte, dann war das wohl er.

Er dachte den ganzen Tag an sie. Es war unmöglich, den Stadtklatsch zu umgehen, also wusste er, dass sie in irgendwelchen Schwierigkeiten steckte, aber er nahm an, ihr berühmter Freund hätte sie einfach sitzen lassen, als er von ihrer Schwangerschaft erfahren hatte. Er hatte nicht begriffen, wie traumatisch es für sie gewesen sein musste, bis Brody ihm erzählt hatte, was Rob DeMarco ihr angetan hatte. Er war beim staatlichen

Fernsehsender aufgetreten und hatte sich über die „Schmarotzer, die ihren Lebensunterhalt damit verdienen, das kreative Blut aus anderen zu saugen" ausgelassen. Dann nannte er Natalie beim Namen, die er nicht nur datete, sondern mit der er seit zwei Jahren zusammenlebte, als die Schlimmste von allen, weil sie versuchte, ihn in die Falle zu locken, indem sie absichtlich schwanger geworden war. *Als könnte sie das so ganz alleine anstellen?* Sein Blut kochte jedes Mal, wenn er daran dachte.

Sie trat um eine Pfütze herum und stellte sich auf den Bürgersteig. Sie stand zwischen vier Kerlen, die um die ein Meter achtzig waren, und sah noch zierlicher aus, als es Coop schon gestern vorgekommen war. Natürlich kompensierte ihre Persönlichkeit ihre Größe enorm. Er war so froh zu sehen, dass sie jetzt angemessener für dieses Wetter angezogen war. Er fand ihre hüftlange Jacke toll, die hoch genug ging, um ihren nett gerundeten Hintern zu entblößen, der in der engen blauen Jeans, die sie trug, noch mehr zur Geltung kam. Er schaute Brody schuldbewusst an und dachte an Polarbären auf Eisschollen.

„Schön, dich wiederzusehen, Natalie", sagte Will. „Was bringt dich zurück nach Playbook Springs?"

Coops beschützerischer Instinkt schaltete sich ein. „Ich hatte nicht erwartet, dass du zum Treffen kommst", sagte er, um das Thema zu wechseln. Er wollte nicht, dass Natalie sich erklären musste. Es war schwer zu glauben, dass Will immer noch keine Ahnung hatte, was passiert war, wenn man seine ausgiebige Computernutzung bedachte.

„Vom Ausgang hängt für mich was ab", sagte sie.

„Was meinst du damit?", fragte Brody.

„Du hast es ihm nicht erzählt?", fragte Coop.

Sie zuckte mit der Schulter. „Wieso hast du es nicht?"

„Mir was erzählt?" Brodys Stimme stieg um eine genervte Oktave an.

„Coop hat mir einen Job angeboten, wenn der Stadtrat die Erweiterung bewilligt", sagte Natalie.

„Wirklich?" Brodys Augenbrauen schossen überrascht nach oben.

„Ich dachte, sie würde gut dazu passen, mit ihrem ganzen künstlerischen Talent." Verdammt. Er sollte seine Handlung nicht rechtfertigen müssen. Er hatte Corey nichts vorgeworfen und ein Jobangebot war bestimmt auf derselben Skala wie sie dazu zu überreden, einen Truck zu kaufen.

„Schätze schon", sagte Brody. „Es ist nur …"

„Es ist nur, dass Papa und Lucille mich für die nächsten sieben Monate an die Ranch fesseln wollten", unterbrach Natalie.

„Das ist nicht fair. Sie wollen nichts dergleichen", sagte Brody. „So wie du es sagst, hört es sich an, als würden sie versuchen, deinen Zustand und dich zu verstecken. Sie möchten sich um dich kümmern, das ist alles."

„Ähm, ich glaube, wir sollten reingehen", sagte Will, offensichtlich verwirrt und beschämt.

„Gute Idee", sagte Natalie und stampfte davon.

„Sieht so aus, als hätte sie sich gar nicht sehr verändert", sagte Will.

„Leider", murmelte Brody, als er seiner Schwester ins Rathaus folgte.

Die Stadtratssitzung verlief viel reibungsloser als Coop es erwartet hätte. Will legte bündig die Argumente für die Erweiterung des Heimwerkermarkts aus und hielt gekonnt den wenigen Gegenargumenten entgegen. Am Ende wurde der Antrag einstimmig angenommen.

Es hatte sicherlich geholfen, dass der Bürgermeister von Playbook Springs mit an Bord war. Coop war sich ziemlich sicher, dass Jenna ihren Vater dazu angestachelt hatte, den Plan zu unterstützen. Sie würde wollen, dass Coop sie zum Dank zum Abendessen ausführte. Er und Jenna hatten in den Jahren einige Male gedatet, aber ihre Erwartung von der gemeinsamen Zukunft der beiden unterschied sich sehr von seiner. Er hatte versucht, ihr das zu sagen, aber sie war dickköpfig davon überzeugt, dass er das Junggesellenleben satt haben und sich niedersetzen würde – mit ihr.

Der finstere Blick von Jenna, als sie die Gruppe zusammen mit Natalie den Saal betreten sah, war ihm nicht entgangen. Gut. Nach allem, was sie ihm über ihre Beziehung in der High School erzählt hatte, freute sich Coop, dass er Natalie dazu verhelfen konnte, die Überhand zu gewinnen. Aber es würde auf lange Sicht keinen Unterschied ausmachen. In seinem tiefsten Inneren war Playbook Springs eine konservative Gemeinde und Natalie, trotz des Ansehens ihrer Familie, würde sich der Kritik stellen müssen, dass sie unverheiratet schwanger war. Das machte ihn nur noch entschlossener in der Absicht, ihr zu helfen.

„Gratuliere, Coop", sagte Corey. „Mit Brodys Ferienranch und deinem Geschenkeladen wird hoffentlich jeder bald beginnen, Playbook Springs als eine möglicherweise ertragreiche Stadt anzusehen."

„Ja und vielleicht kauft einer der Touristen, die hierher kommen, dir den kleinen Miata ab, den du jetzt an der Backe hast." Coop grinste über Coreys rot gewordenes Gesicht.

„Sagtest du nicht, dass du ihn problemlos weiterverkaufen könntest?", fragte Natalie.

„Ach, hör nicht auf Coop. Er kennt sich mit Autos so aus wie ich mit Stricken."

Coop gefiel Coreys beschützerische Haltung gegenüber Natalie nicht und es gefiel ihm vor allem nicht, dieses kokette Lächeln zu sehen, das sie ihm schenkte. „Du gehst lieber nach Hause und ruhst dich für morgen etwas aus", sagte er, etwas grober, als er es eigentlich vorhatte. „Ich erwarte dich um 9 Uhr im Laden. Auf die Minute."

„Sklaventreiber!" Natalie drehte sich zu ihm und er spürte ein aufgeregtes Flattern, als ihr Grinsen zu einem breiten Lächeln würde. „Ich nehme an, du stellst Kaffee für deine Angestellten bereit?"

„Natürlich." Er würde im Lager herumsuchen müssen, um die

alte Kaffeekanne seiner Mutter zu finden, und Shirley vom Brew und Chew überreden, ihm gemahlene Kaffeebohnen zu geben, da der Lebensmittelladen nicht rechtzeitig aufmachen würde, aber das konnte er schon für sie tun.

Wieder mal war er verzaubert vom subtilen Schwanken ihrer Hüften, als sie aus dem Raum schlenderte. Offensichtlich war er da nicht der einzige.

„Es ist mein Ernst, Jungs. Sie ist meine Schwester. Hört auf." Obwohl Brodys Ton sanft war, hörte Coop den eisernen Unterton heraus. Natalie war tabu.

KAPITEL 4

Natalie war schon immer eine Frühaufsteherin – zweifelsohne ein Vermächtnis des Aufwachsens auf einer Ranch. Sogar mit einer Stunde Zeitunterschied war sie noch vor Sonnenaufgang wach und knabberte an Kräckern, um ihre morgendliche Übelkeit zu lindern.

„Ist es schlimm?" Lucille, immer noch in ihrem Bademantel, aber komplett geschminkt und frisiert, stand an der Türschwelle zur großen Küche und beäugte Natalie mitfühlend.

„Nein, ziemlich mild, glaube ich."

Lucille nahm die Packung O-Saft aus dem Kühlschrank. „Möchtest du auch?"

Natalies Magen wütete bei dem Gedanken und sie nahm einen weiteren Bissen ihres Kräckers. „Nein, danke."

„Ich wurde nie mit Kindern gesegnet." Lucilles Stimme war wehmütig, als sie sich an den Tisch setzte.

Natalie versteifte sich. Sie hatte das alles schon gehört. Natalie sollte die Tochter sein, die Lucille niemals hatte. Normalerweise flüchtete sie aus dem Raum, wenn Lucille begann, über Kinder zu sprechen, aber sie dachte an Coops Standpauke, sie solle Lucille die Chance geben, die sie ihr nie gegeben hatte, als sie noch ein rebellischer Teenager war, der sich vom Tod seiner Mutter erholte. Natürlich tat es manchmal immer noch weh, wenn sie an ihre Mutter dachte, vor allem jetzt, da sie schwanger war und wusste, dass ihre eigene Mutter ihr Enkelkind niemals sehen würde, aber sie war jetzt viel mehr im Stande, sich auf die glücklichen Erinnerungen an die Zeit mit ihrer Mutter zu besinnen.

Natalie zwang sich zu entspannen. Okay, sie würde es versuchen. „Ich schätze, dass Brody sich niedersetzen und einen Haufen Kinder haben möchte", sagte sie. „Dann wird es auf der Ranch vor kleinen Haynes nur so wimmeln."

„Ich hoffe, du wirst deinem Vater und mir erlauben, Teil deines Lebens zu sein, sobald das Baby da ist", sagte Lucille.

Die Anspannung war wieder da. Obwohl sie versuchte, sich selbst einzureden, dass Lucille sich nicht absichtlich voreingenommen anhörte, konnte sie doch das Gefühl nicht loswerden, dass sie sie züchtigen wollte. Es war, als wäre sie wieder sechzehn. „Ich glaube, ich gehe in die Stadt und mache ein paar Fotos, bevor ich zur Arbeit muss."

„Bist du zum Abendessen wieder hier? Du warst so lange weg und du hast deinem Vater gefehlt. Er würde gern Zeit mit dir verbringen."

„Ich bin mir nicht sicher, Lucille. Ich rufe an und sage dir Bescheid."

„Igitt! Das ist schrecklich! Wer hat dir das Kaffeekochen beigebracht?" Natalie stellte den Becher auf der Arbeitsplatte ab und starrte Coop an.

„Es ist Chicorée. Shirley meint, Schwangere sollten keinen Kaffee trinken."

„Shirley? Sie ist immer noch im Brew and Chew? Sie muss … wie alt sein? Hundert?"

„So ungefähr", kicherte Coop. Er nahm Natalies Becher, schnüffelte daran und gab ihn ihr wieder. „So schlecht riecht es aber nicht."

Offensichtlich kein Kaffeetrinker. „Es ist *kein* Kaffee. Und zu deiner Information, ein bisschen Koffein *darf* ich zu mir nehmen." Sie stellte den Becher wieder ab. „Ich befürchte, das wird's nicht bringen. Wenn du möchtest, dass ich hier arbeite, dann wirst du dir mehr Mühe geben müssen."

„Was für Vergünstigungen hast du denn im Sinn?" Coop grinste und Natalie spürte, wie ihr Herz einen Purzelbaum machte. *Verdammt.* Sie dachte, dass ihre fünf Jahre Abwesenheit aus Playbook Springs ihre jugendliche Schwärmerei für ihn ausradiert hätten, aber Coop war jetzt als Mann noch viel attraktiver als er es damals als Teenager war. Sie wusste nicht warum, aber sie wusste, dass der Danny Cooper aus dem wahren Leben so gut wie ihre Fantasieversion war – im Gegenteil zu Rob DeMarco, der nicht mehr war als ein egoistischer Mistkerl.

Und Coop flirtete mit ihr. Das könnte spaßig werden – zumindest solange sie hier war. Sie hatte sich immer noch nicht entschlossen, ob sie es zu Hause aushalten konnte, bis das Baby auf die Welt kam, aber Coop machte es definitiv einfacher, diese Möglichkeit in Erwägung zu ziehen.

„Ich möchte meine Optionen freihalten", sagte sie und zwirbelte verspielt ihr Haar um ihren Finger. „Für den Fall, dass ich etwas sehe, das ich wirklich haben möchte."

Coop wurde rot und musste schwer schlucken. Er drehte sich von ihr weg und schien sich seine Jeans zu richten.

Natalie spürte eine warme Welle der Genugtuung. Rob hatte sein Bestes gegeben, um ihr das Gefühl zu geben, unattraktiv zu sein. Es war gut zu wissen, dass jemand sie begehrenswert fand, sogar in ihrem Zustand. „In der Zwischenzeit sollten wir aber anfangen."

„Anfangen?" Coops Stimme brach und er drehte sich zu ihr um, seine Augen vor Überraschung geweitet.

„Mit der Arbeit", sagte sie. „Deswegen hast du mich doch herbestellt, oder?"

„Ja. Ja. Natürlich. Die Arbeit."

Natalie grinste. Oh ja, das könnte ein großer Spaß werden.

Während der nächsten zwei Stunden besprachen Natalie und Coop seinen Plan, eine Wand einzureißen und den Raum bis zur anliegenden Ladenzeile zu erweitern. Als sie für die Coopers gearbeitet hatte, war es noch ein Waschsalon mit Selbstbedienung, aber er stand seit mehreren Jahren leer. Natalie war sich sicher, dass sie dem Raum neues Leben einhauchen und ihn zu etwas Besonderem machen konnte, aber sie warnte Coop davor, dass es einiges an Geld brauchen würde, um den großen, industriell anmutenden Raum zu etwas mit heimischer Atmosphäre zu machen, was für die Touristenbranche anziehend wäre.

„Ich dachte mir, wir könnten einfach Reihen von Regalen einbauen", sagte er.

„Du willst aber nicht, dass es wie ein Geschäft aussieht", sagte sie.

„Aber es ist ein Geschäft."

Natalie seufzte. Wenn sie ihn nicht überzeugen konnte, die Dinge mit ihren Augen zu betrachten, würde ihr Projekt untergehen, ehe es überhaupt in Gang gekommen war. „Okay, lass uns die eigentliche Struktur des Geschenkeladens kurz ausblenden." Sie würde versuchen, diplomatisch zu sein. „An was für Artikel hast du denn gedacht?"

„Aha! Ich habe stapelweise Kataloge." Er führte sie in sein Büro im hinteren Teil des Ladens, wies sie an, sich auf einen Stuhl zu setzen, und gab ihr ein paar von den Katalogen vom Stapel auf dem Boden. „Ich dachte an Kerzen, Servietten, Geschenkezeug halt."

Natalie blätterte den ersten Katalog durch und sah sich die anderen kaum an. „Das ist hübsch, aber es ist …" Es ist Mist, dachte sie, aber sie wollte Coop nicht beleidigen, also sagte sie es nicht. „Es ist etwas zu gewöhnlich. So was findet man nicht nur in Geschenkeläden, sondern auch in Ramschläden. Du solltest nach ungewöhnlicheren Dingen suchen. Du musst Dinge finden, die besonders sind; die man nur in Playbook Springs bekommen kann."

Coop ging um sie herum und setzte sich auf den Tischrand vor ihr. „Siehst du? Ich wusste, dass du helfen kannst. An was für Dinge denkst du denn dabei?"

„Lass mich darüber nachdenken, okay?", sagte sie. „Ich bin mir sicher, dass wir es hinbekommen."

Er nickte und Erleichterung stieg ihm ins Gesicht. „Du hast dich also entschlossen zu bleiben?"

Die Frage traf Natalie unvorbereitet. Ihr war nicht klar, dass Sorge so offensichtlich war. „Ich habe mich noch nicht definitiv entschieden."

„Aber du bleibst doch wenigstens, bis das Baby da ist?"

„Da bin ich mir auch nicht sicher."

„Wo würdest du denn sonst hin? Was würdest du machen, wenn du gehen würdest?", fragte Coop.

„Ich bin Fotografin und zwar eine sehr gute. Rob mag vielleicht meine Karriere in L.A. sabotiert haben, aber ich bin mir sicher, dass ich woanders Arbeit finden kann. Es wären keine Promis. Nachrichten vielleicht … oder die Natur."

Sie hatte vergessen, wie wunderschön es sich anfühlte, auf der Ranch umherzuschweifen, oder sogar in Playbook Springs, und all diese Dinge zu fotografieren, die ihr Interesse auf sich zogen – ein Farmhelfer bei Sonnenaufgang, während er an einer Tasse dampfenden Kaffees nippte, ein Kind, das nicht auf seine Mutter hörte und in eine Schlammpfütze sprang, ein Ladeninhaber, der sein Schild an der Tür umdrehte, das anzeigte, dass der Laden jetzt auf hatte – die Details des alltäglichen Lebens.

„Rob DeMarco ist ein Mistkerl. Ich verstehe nicht, wie irgendjemand denken kann, dass das, was er dir angetan hat, in Ordnung war."

Natalie gefiel die beschützerische Art, die sich in Coops

Kommentar widerspiegelte, aber sie fühlte sich auch ein bisschen schuldig. Rob war die letzten paar Jahre ein großer Teil ihres Lebens gewesen. Sie wusste, dass er arrogant und egoistisch war, als sie sich kennengelernt hatten, aber waren das nicht alle guten Schauspieler? Um erfolgreich zu sein, mussten sie immer auch ein bisschen narzisstisch sein.

Als sie nicht antwortete, schaute Coop nach unten und rieb mit den Händen über seine Oberschenkel. „Tut mir leid. Das hätte ich nicht sagen sollen. Geht mich nichts an."

„Ist in Ordnung. Macht nichts." Sie lächelte. „Ich wünschte, ich könnte sagen, dass Rob sich im Vergleich zum Anfang unserer Beziehung geändert hat, aber die Wahrheit ist, dass er es nicht hat. Er kann warm und lustig und liebevoll sein und er kann kühl und gemein und boshaft sein. Ich dachte, ich wäre in ihn verliebt, und obwohl wir nicht übers Kinderkriegen gesprochen hatten, war ich glücklich, als ich erfahren habe, dass ich schwanger bin. Er hatte es verborgen, aber es war offensichtlich nicht das, was er wollte."

„Wie kannst du so mitfühlend sein, wenn er dich öffentlich derart erniedrigt hat?", fragte Coop.

Natalie verstand seine Verwirrung. Als sie L.A. verlassen hatte, war sie ein emotionales Wrack gewesen. Glücklicherweise hatte sie drei lange Tage Fahrt vor sich und somit genug Zeit, um ihre Gefühle zu sortieren. „Versteh mich nicht falsch, es war schrecklich, dort zu sitzen und zu wissen, dass alle mich beobachteten, während er all diese schlimmen Dinge sagte", sagte sie. „Aber was passiert war, ließ mich begreifen, dass mir der Verlust meiner Karriere mehr wehtat als der Verlust von Rob DeMarco." Sie legte eine Hand auf ihren Bauch und fühlte die Wärme des Lebens in sich. Sie schaute zu ihm auf und lächelte. „Mein Baby und ich werden auch alleine super zurechtkommen."

Coops Blick bohrte sich in sie, eine Kombination aus Mitgefühl und Bewunderung. Schließlich konnte sie die Intensität nicht mehr aushalten und drehte ihren Kopf weg. „Genug von mir. Was ist mit deinem Liebesleben? Gibt es nicht irgendein hübsches, junges Ding, das dir mit deiner neuen Idee vom Geschenkeladen helfen sollte?" Sie versuchte, sich gelassen anzuhören, aber die Neugier nagte an ihr, seit sie ihn am Tag ihrer Ankunft mit Jenna gesehen hatte.

Coop lehnte sich nach vorn und strich ihr eine Strähne hinters Ohr. Sie erschauderte über die intime Geste, Feuer und Eis rasten gleichermaßen durch ihre Adern.

„Möchtest du den vollen Bericht oder nur die Highlights?", flüsterte er, seine Lippen gefährlich nahe an ihrer Wange.

Natalies Herz schlug ihr bis zum Hals und sie lehnte sich auf ihrem Stuhl nach hinten. Vielleicht war es doch keine so gute Idee, mit ihm zu flirten, wenn das ihre Reaktion auf eine einfache Berührung war.

Sie wäre nicht im Geringsten überrascht, wenn sie erfahren würde, dass ständig eine hübsche Frau vor Coops Tür stand. Ein Knoten der Reue zog sich in ihrem Bauch zusammen. Ein anderer Zeitpunkt, ein anderer Ort vielleicht. Aber nicht jetzt. Er würde niemanden wollen, der das Baby eines anderen Mannes bekam, und außerdem, sie würde ja auch nicht bleiben. „Egal." Sie wollte es doch nicht wissen.

Coops Grinsen wurde breiter und er sah aus, als wollte er etwas sagen.

„Hallo?", rief eine Stimme über den klingelnden Glocken im vorderen Teil des Ladens. „Jemand hier?"

„Bin gleich da, Will", sagte Coop und stand auf.

Natalie sackte erleichtert zusammen. Es dauerte einige Momente, bis sie sich stabil genug fühlte, um aufzustehen und ihm aus dem Büro zu folgen.

„Na hallo, Natalie." Will verbeugte sich übertrieben vor ihr.

„Was gibt´s, Will?", fragte Coop.

„Ich habe dir die Papiere mitgebracht, die du unterschreiben musst, um den Laden nebenan als Eigentum zu übernehmen." Er reichte Coop einen braunen Briefumschlag und seine Aufmerksamkeit galt wieder Natalie. „Er lässt dich nicht zu schwer arbeiten, oder? Ich kenne mich mit Arbeitsrecht sehr gut aus, falls du eine Beschwerde einreichen willst."

Coop sah sich immer noch die Unterlagen an und prustete.

„Naja, das, was er als Kaffee unterzujubeln versucht, sollte als unfaire Arbeitsbedingung gelten", sagte Natalie. Will war leiser als Brodys andere Freunde und er und Natalie hatten sich schon immer gut verstanden. Er hatte ihr nie das Gefühl gegeben, dass sie die unerwünschte kleine Schwester war, die versuchte, sich an sie dranzuhängen. Sie sah ihn lang an. Es war schwer zu glauben, dass er jetzt Anwalt war. Er war immer noch zu sehr Cowboy, um den aalglatten Anwälten zu ähneln, die sie in L.A. kennengelernt hatte.

„Hier." Coop warf Will den Umschlag wieder zu. „Noch was?"

„Ich dachte, ich schau mal, ob ich Natalie zum Mittagessen mitnehmen kann." Will lächelte auf sie herunter. „Und dich auch, wenn du mitkommen möchtest", fügte er noch schnell hinzu.

„Du weißt, dass ich den Laden nicht verlassen kann", sagte Coop.

„Warum nicht?" Natalie drehte sich zu ihm. „Du kannst doch für eine Stunde oder so abschließen, oder? Du bist doch der Chef, nicht wahr? Oder glaubst du, dass jemand so dringend einen Hammer brauchen wird?"

Will lachte mit ihr über die Bemerkung, aber sie bereute ihre Stichelei, als sie sah, wie sich Coops Kiefer verkrampfte.

„Naja, dann sind es nur wir zwei", sagte Will. Er nahm Coops Reaktion entweder nicht wahr oder sie war ihm einfach egal. „Ich freue mich, wenn wir die verpasste Zeit aufholen können."

Natalie schnappte sich ihren Mantel vom Kleiderhaken, als Will sie in Richtung Tür drängte. Sie drehte sich noch einmal um, um zu versuchen, Coop zu überreden, doch mit ihnen mitzukommen, aber die Worte froren auf ihrer Zunge ein. Er stand dort, felsenfest, und die einzige Bewegung, die er machte, war die seines finsteren Blicks, der ihr folgte.

KAPITEL 5

Coop schaute auf seine Uhr und atmete verzweifelt aus. Sie waren noch keine Stunde weg und er muss schon mindestens hundert Mal auf die Uhr geschaut haben.

Er wusste nicht, wieso es ihn so sehr störte, dass Natalie mit Will zum Mittagessen gegangen war. Sie hatten ihn ja eingeladen, mitzukommen. *Am Ende zumindest.*

Vielleicht war es die Tatsache, wie schnell sie die Gelegenheit ergriffen hatte, wegzukommen. Er hatte es genossen, den Morgen mit ihr zu verbringen, und vor allen Dingen wie süß sie war, als sie sich gekrümmt hatte und rot angelaufen war, als er sie geneckt hatte, weil sie etwas über sein Liebesleben hatte erfahren wollten. Ihr gefiel der Gedanke, dass sie ihm gegenüber die Überhand hatte, und das hatte sie meistens auch, aber in dem Moment war sie unachtsam geworden und ihm gefiel die Verletzlichkeit, die er an ihr sah.

Und dann war Will gekommen.

Coop bemerkte, dass er dabei war, wieder auf seine Uhr zu schauen, sprang auf und ging zurück in den hinteren Teil des Ladens.

Hatte Will gestern Brody nicht gehört? Natalie war tabu.

Wieso lud er sie dann zum Mittagessen ein? Coop würde mit ihm darüber sprechen müssen. Brody war ein bester Freund und es lag in Coops Verantwortung, sowohl auf ihn als auch auf seine Schwester aufzupassen.

Die Glocke über der Tür klingelte und er konnte sich kaum beherrschen, um nicht hinzurennen und nachzusehen, ob es Natalie war.

Sie kämpfte damit, sich ihren Mantel auszuziehen, als sie ihn auf sich zukommen sah. „Ich bin nicht spät dran, oder? Deine Angestellten haben doch eine Stunde Mittagspause, richtig?"

Er stellte sich hinter sie und half ihr aus dem Mantel. Er wusste, dass seine Irritation unbegründet war, aber sie hatte nicht nachgelassen. „Eine Stunde ist in Ordnung."

„Oh, warte! Bevor du ihn aufhängst." Sie griff in eine der Taschen und zog eine kleine Tüte raus. „Hier. Für dich." Sie gab sie ihm, nachdem er den Mantel an den Haken gehängt hatte.

Überrascht schaute er runter aufs Päckchen. Vielleicht hatte sie doch ein schlechtes Gewissen, weil sie ihn wegen Will hatte stehen lassen?

„Es ist Kaffee", sagte sie. „*Echter* Kaffee."

Coop kicherte. Er hätte es besser wissen müssen. „Wie hast du Shirley dazu überredet, dir den zu geben?"

„Wir haben einen Deal gemacht. Ich habe versprochen, nur eine Tasse am Tag zu trinken."

Coop konnte sich nur vorstellen, wie die Unterhaltung gelaufen war. Beide Frauen waren so dickköpfig, dass es wahrscheinlicher war, dass Will die Auflösung hatte *verhandeln* müssen. „Also, worüber haben du und Will gesprochen? Ich meine, ist der Geschenkeladen vielleicht zur Sprache gekommen?"

„Ach, über dies und jenes", sagte sie flapsig.

„Oh, komm schon. Ist es irgendein großes Staatsgeheimnis? Warum willst du es mir nicht sagen?"

„Wenn du neugierig bist, dann hättest du mitkommen

müssen", sagte sie. „Ich weiß nicht, wieso du überhaupt so eine große Sache daraus gemacht hast, dass der Laden geöffnet bleiben muss. Ich wette, dass jeder Laden in der Straße zur Mittagszeit zu hat. Alle waren im Brew and Chew."

„Das ist nicht der Punkt."

Sie lehnte sich an den Tresen, verschränkte ihre Arme und schaute mit ihren tänzelnden grünen Augen zu ihm auf. „Wenn ich es nicht besser wüsste, Mr. Cooper, würde ich sagen, Sie sind eifersüchtig!"

Ihre Stellung zog ihren Pulli enger um ihren Bauch und enthüllte eine kleine, runde Beule. Er versuchte zu ergründen, wie weit ihre Schwangerschaft vorangeschritten war. Drei, vielleicht vier Monate? Das würde bedeuten, dass der Entbindungstermin im Juni oder Juli war. Er würde jemanden finden müssen, der den Laden leitete, wenn sie das Baby bekam – und vielleicht später auch noch aushalf, damit sie mehr von ihrem Kind hatte.

Er stoppte sich. Er plante alles, als würde sie bleiben, dabei hatte sie deutlich klargestellt, dass sie das nicht glaubte.

„Ich bin nicht eifersüchtig. Ich versuche bloß, ein Freund zu sein", sagte er etwas grober, als er es eigentlich vorhatte. „Wenn es dir lieber ist, dann bleibe ich eben dein Chef. Zurück an die Arbeit."

Sie richtete sich schnell auf und ihr Gesichtsausdruck wurde ernster. „Ich hole meine Kamera, um den Raum zu fotografieren, damit ich ein paar Skizzen machen kann und wir sehen, wie er aussehen könnte. Nein ..." Sie hielt ihre Hand hoch, als er ihr folgen wollte. „Dazu braucht es nicht uns beide. Du bleibst hier und kümmerst dich um deinen Laden. Ich arbeite sowieso besser alleine."

Sie drückte sich an ihm vorbei, um ihre Kamera aus dem Büro zu holen, kam dann zurück, warf sich den Mantel über die Schultern und ging nach nebenan.

Coop atmete lange aus. Mann, was für ein Idiot er war. Er hätte sie nicht so anfahren sollen. Er war sich nicht einmal sicher, wieso er das getan hatte, außer vielleicht, weil sie ihm unter die Haut gegangen war, und das war sowohl belebend als auch ärgerlich. Aber die Sache mit ihr und Will? Das musste im Keim erstickt werden. Will musste es besser wissen. Coop würde mit ihm darüber sprechen müssen.

Der Nachmittag schien sich hinzuziehen. Er fragte sich, was sie wohl so lange nebenan machte. Ging sie ihm aus dem Weg? Wenn ja, dann konnte er ihr das nicht übelnehmen. Er hatte sich nicht gut benommen und bereute seine Worte. Er wollte rübergehen, um sich zu entschuldigen, war sich aber nicht sicher, ob er willkommen war.

Feigling.

Er schaute zur Wand, die zwischen ihm und Natalie war. Das erste, was er machen würde, war, eine Tür einzubauen, die die beiden Läden miteinander verband.

Hey! Damit musste er nicht warten. Das konnte er doch jetzt gleich tun, oder? Er schaute sich um. Er verkaufte Vorschlaghammer. Verdammt, er hatte alles, was er brauchte, um diese Wand einzureißen.

Nein, er wurde wieder vernünftig. *Das würde beim Stadtrat nicht wirklich durchgehen.* Als sie ihm die Erweiterung bewilligt hatten, hatten sie darauf bestanden, dass die historische Fassade und die wesentliche Struktur des Gebäudes erhalten blieben. Er würde einen Profi hinzuziehen müssen. Wahrscheinlich auch einen Architekten.

Er ging zur Wand und tippte sie leicht an. Es würde nicht viel brauchen …

Auf der anderen Seite konnte er Stimmen hören. Jemand war mit ihr nebenan. Er horchte genauer. Frauenstimmen. Wütende Stimmen. Natalie und jemand anders.

Coop raste aus seinem Laden und riss die Tür zum zukünftigen Geschenkeladen auf. Jenna und Natalie. Die zwei Frauen drehten sich überrascht zu ihm um. So versteift wie Natalie war, wusste er, dass Jenna wieder weniger als freundlich zu ihr gewesen war.

Er erhaschte einen Blick auf Jennas gehässiges Gesicht, ehe sie es entspannte. „Coop", sagte sie, ging auf ihn zu und legte eine Hand auf seinen Arm. „Ich habe nach dir gesucht, als ich hier drin Bewegungen sah und dachte, jemand sei eingebrochen."

Natalie knurrte. „In einen leeren Laden eingebrochen? Was wolltest du denn beschützen? Es gibt hier nichts, was man stehlen könnte."

Coop grinste Natalie an. Sie war toll. Winzig im Vergleich zur großen, gertenschlanken Jenna, aber definitiv nicht von ihr bedroht. Sie war wie eine Katze, die sich aufpuffte, um in den Augen des Raubtiers größer zu erscheinen. Jenna und ihre Freundinnen hatten zwar in der High School Natalie immer wieder eingeschüchtert, aber sie stellte klar, dass sie sich jetzt nicht mehr mobben lassen würde. Er schaute runter auf Jennas Hand, die immer noch besitzergreifend um seinen Arm geschlungen war, und schob sie weg.

„Ich weiß es zu schätzen, dass du in meinem Interesse handelst, Jenna, aber wie du sehen kannst, hat Natalie alles unter Kontrolle", sagte er.

„Sie hat aus irgendeinem Grund den Eindruck, dass *sie* dir beim Design und der Leitung des Geschenkeladens helfen soll", sagte Natalie.

Coop drehte sich zu Jenna, überrascht von ihrer Annahme, aber nicht schockiert. „Wir haben das bereits besprochen."

„Ja, aber nicht im Detail. Wir haben *viel* drüber gesprochen, wie der Geschenkeladen sein und was er für Playbook Springs bedeuten sollte."

„Tut mir leid, wenn ich dich irgendwie irregeführt habe", sagte er und meinte es aufrichtig. So sehr er es hasste, wie Jenna Natalie in der High School behandelt hatte, das war die Vergangenheit und es war ihr Kampf, für den sie ganz allein vollkommen vorbereitet zu sein schien.

„Ich bin mir sowieso nicht sicher, ob ich die Zeit hätte, mich dem Laden zu widmen", sagte Jenna und warf sich ihr langes Haar über die Schulter. „Ich bin schon ziemlich mit den Ausschüssen beschäftigt, in denen ich bin, und dann auch noch die ganzen gesellschaftlichen Verpflichtungen. Nett, dass du Natalie was zu tun gibst, während sie auf ihr Baby wartet."

Coop sträubten sich die Nackenhaare über die Beleidigung, die an Natalie gerichtet war. Die Vergangenheit war eine Sache, aber er würde Jenna nicht erlauben, sie jetzt anzufeinden. „Eigentlich tut Natalie *mir* den Gefallen. Ich würde mir niemals jemanden mit ihrem Talent leisten können. Mit ihrer Hilfe wird der Geschenkeladen noch zehn Mal besser werden, als ich es mir jemals hätte vorstellen können."

„Na dann läuft für dich alles so, wie es soll, nicht?" Jenna drehte Natalie den Rücken zu und schaute zu Coop auf. „Lass uns hier verschwinden, um … was auch immer. Wir können zurück in deinen Laden gehen."

„Du meintest vorhin, du hättest nach mir gesucht?", fragte Coop, wollte nicht mit ihr weggehen.

„Ja, aber das können wir nebenan besprechen."

„Warum nicht hier?" Coop sah an Jenna vorbei zu Natalie. Ihr Kopf war zur Seite geneigt und sie runzelte etwas die Stirn, als würde sie zu ergründen versuchen, was er machte. Naja, wenn es ihr gelingen würde, hoffte er, sie würde es ihm sagen, denn er hatte überhaupt keinen blassen Schimmer.

„Na gut." Jennas verzweifeltes Seufzen konnte Coop nicht täuschen. Sie war nicht enttäuscht darüber, dass sie gebeten wurde, in Natalies Anwesenheit zu sprechen. „Ich dachte, wir sollten etwas diskreter sein und sie nicht verlegen machen. Immerhin hat sie ja keinen Freund, mit dem sie gehen könnte …"

„Wovon zum Teufel sprichst du?", zischte Coop.

„Mary und Connors Verlobungsparty. Der ganze Ort wird dort sein. Und naja, du weißt schon, wie diese Dinge sind. Alle werden über Liebe und Hochzeiten und so sprechen." Sie drehte sich zu Natalie um. „Es ist nicht wirklich etwas, wo man alleine hingehen sollte. Und naja, sogar wenn du jemanden fändest, der mit dir mitginge, würde es schlecht aussehen. Ich meine, du willst doch nicht, dass die Leute denken, dass du Rob DeMarco so schnell überwunden hast. Wie dem auch sei, ich wollte dich nicht beunruhigen, indem ich in deiner Anwesenheit unsere Pläne bespreche, aber Coop hat darauf bestanden."

Natalies Augen weiteten sich, aber sie schien eher amüsiert als beunruhigt über Jennas bissigen Kommentar.

„Wir haben Pläne?", fragte Coop Jenna.

„Du musst den Laden früher zumachen, weißt du noch? Um uns mit der Vorbereitung zu helfen", sagte Jenna. „Und ich dachte, du könntest mich früher abholen, damit wir vorher zusammen zum Mittagessen gehen."

„Ich wusste nicht, dass wir zusammen gehen", sagte Coop und versuchte, das falsche, bemitleidende Grinsen zu ignorieren, das Natalie ihm zuwarf. Sie genoss sein Unbehagen.

„Wir gehen doch immer zusammen zu solchen Veranstaltungen." Hatte sich Jennas Stimme schon immer so weinerlich angehört?

„Nicht immer", sagte Coop. „Und außerdem, ein Kerl wie ich fragt gerne bei solchen Dingen die Frau, ob sie mit ihm gehen möchte."

„Okay, dann frag mich."

„Ich kann nicht."

„Warum nicht?"

„Weil ich mit Natalie gehe." Auch wenn er über Jennas Annahme, dass sie zusammen dorthin gehen würden, etwas verärgert war, hätte es ihn nicht überraschen müssen, weil sie das in der Vergangenheit wirklich oft gemacht hatten. Seine Antwort aber war sogar für ihn selbst unerwartet.

Jenna drehte sich um und schaute zu Natalie, die ihr Staunen gut verbarg und als Antwort süß lächelte.

„Na dann ist das wohl abgemacht." Jenna konnte die Worte

kaum rausbringen. Sie sah ihn mit einem eisernen Blick an. „Wir sehen uns dann dort, wenn nicht früher."

Coop zuckte, als sie die Tür zuschlug. Natalie sah ihn fragend an. Er hatte keine Antworten und war nicht bereit zu erforschen, wieso er das gemacht hatte. „Es wird spät. Wieso machst du nicht Feierabend?"

„Vergisst du nicht etwas?", fragte sie.

„Und das wäre?"

„Mich zu fragen, ob ich mit dir zur Verlobungsparty gehen möchte. Es sei denn, du hast das nur gesagt, um Jenna auf die Palme zu bringen." Natalies Ton war herausfordernd.

„Nein, ich habe vor, dich mitzunehmen." Wovon sprach sie? Natürlich hatte er vor, sie mitzunehmen. Er hätte es nicht gesagt, wenn es nicht so wäre. Er würde sie selbstverständlich nur als eine Freundin mitnehmen. Als Brodys kleine Schwester, die wieder in der Stadt war und Kontakt zu den Ortsbewohnern knüpfen musste.

„Dann musst du mich fragen", bestand sie.

„Ernsthaft?"

„Hey, das sind deine Regeln, nicht meine." Sie grinste.

Coop schüttelte seinen Kopf. Sie hielt ihn definitiv auf Zack.

Seine Pause muss sie beunruhigt haben, weil sie ernst wurde. „Ich mache nur Spaß. Ich meine, Jenna liegt nicht komplett falsch, nicht wahr? Ich *bin* schwanger und ich *habe* gerade eine Beziehung beendet. Ich bin kaum die Art von Mensch, mit dem man Arm in Arm einen Saal voller Menschen aus Playbook Springs betreten möchte."

„Nimmst du mich auf den Arm?" Coop hasste die Selbstzweifel, die er in ihrer Stimme hörte. „Hast du neulich mal in den Spiegel geschaut? Alle Kerle im Raum werden mich beneiden. Und was deine Schwangerschaft angeht – sie macht dich nur noch schöner."

Ihr Gesicht lief leicht rot an und sie zwirbelte nervös eine ihrer Haarsträhnen, als sie nach unten zum Boden schaute und seinem Blick auswich. „Du hältst mich für schön?" Sie sagte es nicht auf eine kokette Weise, sondern stellte eine aufrichtige Frage. Die Tatsache, dass sie fragen musste, war für ihn wie ein Schlag in die Magengrube. Wie konnte sie das nicht wissen? Was hatte der Mistkerl, Rob DeMarco, ihr angetan?

Er ging auf sie zu und streifte die Strähne, mit der sie spielte, hinter ihr Ohr. Er hob ihr Kinn und schaute in ihre Augen. „Du bist wunderschön. Und schlau. Und sexy. Und stark. Lass dir von niemandem einreden, du seist es nicht."

Sie sah so verletzlich aus, dass es ihm das Herz brach. Sein Atem stockte und er begriff, dass er zwei Sekunden davon entfernt war, sie zu küssen.

Er ließ sie schnell los und machte einen Schritt nach hinten. „Also, was dieses „Fragen" angeht – muss ich dafür auch auf die Knie fallen?" Er zwang seine Stimme dazu, entspannt zu klingen.

„Nicht für ein Date", sagte sie sanft.

Ein Teil von ihm wollte klarstellen, dass es kein Date war. Aber er nahm sie mit zu einer Tanzveranstaltung. Also war es irgendwie doch ein Date. Nur eines, aus dem nichts mehr werden konnte. „Na gut. Miss Haynes, würden Sie mir die Ehre erweisen, mich zur kommenden Verlobungsparty begleiten?" Er verneigte sich tief und wartete. Er fühlte eine unerträgliche Panik, als sie nicht gleich antwortete. Würde sie ablehnen? Er richtete sich auf.

Ihre Stirn hatte sich in tiefe Falten gelegt und sie sah ihn an, als hätte er ihr gerade ein kniffliges Rätsel gestellt. Er begriff, dass er ihr zweideutige Nachrichten schickte, indem er ihr in der einen Sekunde sagte, wie schön und sexy sie sei, und sich in der anderen dumm stellte und sie zu einem Date einlud. Er wollte sie, konnte sie aber nicht haben.

„Nur als Freunde, richtig?", sagte Coop schnell. Da, er hatte es tatsächlich gesagt. Die Dinge klargestellt. Es war besser so. Er konnte es nicht riskieren, dass sie es falsch verstand. „Ich meine, so wunderschön du auch bist, keiner von uns beiden ist im Moment auf der Suche nach etwas Romantischem."

Sie nickte traurig und antwortete schließlich – ihr unbeschwerter Ton passte zu seinem. „Nun, danke Mr. Cooper. Es wäre mir eine Freude, sie als *eine* Freundin zu begleiten."

Nachdem sie gegangen war, schloss Coop die beiden Läden ab und ging langsam die Straße runter zum Brew und Chew, allein. Sein Plan, mit Will über Natalie zu sprechen, kam ihm heuchlerisch vor, jetzt, da er sie selbst zu einem Date eingeladen hatte.

Oh Mann, wie sollte er das Brody beibringen?

Natalie drückte den Anruf weg, lehnte sich auf dem Sofa nach hinten und schmiegte sich ihr Handy an die Brust. Es hatte fast zwei Wochen gedauert, aber Will hatte es geschafft, ihre Konten in Kalifornien wieder freizugeben. Als er sie zum Mittagessen eingeladen hatte, hatte sie ihn um rechtlichen Rat gefragt, und sie hatten sich seitdem einige Male zum Mittagessen getroffen. Sie hatte keine Ahnung, dass er selbst die Herausforderung annehmen würde, mit Kollegen in Kalifornien zu arbeiten, um ihr wieder den Zugriff auf ihr eigenes Geld zu ermöglichen. Typisch Cowboy – er lehnte die Bezahlung ab und sagte ihr, sie solle es als ein Babygeschenk betrachten.

Sie legte ihre Hand auf ihren wachsenden Bauch. Sosehr sie es auch mochte, sich regelmäßig mit Will zu treffen und über ihren Fall zu sprechen, sosehr hatte ihr auch Coops Reaktion darauf gefallen, dass sie mit seinem Freund losgezogen war. Er hatte versucht, subtil auf seine Uhr zu schauen, als sie gegangen war, und hatte wieder darauf geschaut, als sie zurückgekommen war. Nach diesem ersten Mal hatte er sie nicht gefragt, worüber sie geredet hatten, aber sie sah ihm an, dass er neugierig war.

Es gefiel ihr, wenn er überrumpelt war. Sie nahm an, dass er es nicht gewohnt war, in Sachen Frauen unsicher zu sein – es kamen genügend von ihnen täglich in den Laden, um ihn zu sehen. Wer hätte gedacht, dass die Frauen von Playbook Springs so auf Hausreparaturprojekte standen?

„Ich würde gerne wissen, wer dir dieses Lächeln aufs Gesicht gezaubert hat", sagte Brody.

Sie setzte sich schnell aufrecht hin. „Ich habe dich nicht reinkommen hören."

„Offensichtlich." Er setzte sich neben sie und zeigte auf ihr Handy.

„Gute Neuigkeiten?"

„Ich sortiere nur Dinge in Kalifornien aus", sagte sie.

„Gibt es was, was ich tun kann?"

Natalie schüttelte ihren Kopf. „Hat sich alles erledigt, danke."

Er zuckte mit den Schultern. „Sag mir nur Bescheid, Sprite."

Natalie hätte erwartet, dass er ging, aber als er sitzen blieb, wusste sie, dass er gekommen war, um nach ihr zu sehen. „Bedrückt dich etwas?"

„Ähm, mir gefallen deine Haare. Dass du wieder die natürliche Farbe hast. Ich meine, das Blond war hübsch, aber ..."

Natalie runzelte die Stirn. Sie hatte sich vor Kurzem wieder ihre Naturhaarfarbe wachsen lassen, vor allem, weil es viel zu teuer war, sie sich ständig blond färben zu lassen, und es zu viel Aufwand wäre, wenn das Baby auf der Welt war, aber wieso tat ihr Bruder so, als würde ihn das interessieren?

„Danke. Aber ernsthaft, Brody. Was bedrückt dich?"

Er seufzte tief und winkelte sich so an, dass er ihr ins Gesicht sah. Sein Lächeln schwand und Natalie machte sich auf etwas gefasst. Ein ernster Brody bedeutete, dass ihr das, was er zu sagen hatte, nicht gefallen würde.

„Wie ich höre, läuft es mit den Vorbereitungen für den Geschenkeladen gut", sagte er.

Das hörte sich nicht so schlimm an. „Ja. Wir haben einen Bogengang in der Wand eingebaut, der die beiden Läden verbindet, und wir arbeiten mit einem Denkmalschutz-Architekten aus Cheyenne an der Innenausstattung. An der Fassade kann nicht wirklich viel gemacht werden, weil der Stadtrat sie erhalten möchte, aber das ist in Ordnung." Sie freute sich eigentlich richtig darüber, wie die Dinge liefen. Sowohl der Architekt als auch Coop hatten ihre Vision für den Geschenkeladen angenommen. Sie hatten einen Antrag für den Bau gestellt, und wenn alles nach Zeitplan lief, würde die große Eröffnung in vier oder fünf Monaten stattfinden. Hoffentlich bevor das Baby auf die Welt kam.

„Weißt du, Coop bedeutet dieses Projekt wirklich viel. Der ganzen Stadt eigentlich", sagte Brody.

„Das weiß ich." Sie sah ihm in die Augen, die ihren so ähnlich waren, aber doch so viel sanfter. Im Gegensatz zu ihr war Brody in der Schule immer beliebt gewesen. Sie hatte sich in der Jugend wie eine Außenseiterin gefühlt, und auch während der fünf Jahre, in denen das Hollywoodglitzer sie verbraucht hatte, aber Brody hatte immer noch diese unbedachte Offenheit gegenüber den Menschen um sich herum. Das liebte sie an ihm. Und sie machte sich deswegen Sorgen um ihn. „Was willst du mir wirklich sagen?"

Er fuhr sich mit einer Hand durchs Haar und es stellte sich auf. „Du hast nicht gesagt, wie lange du bleibst – nur, dass es nicht sehr lange sein wird. Ich will nicht, dass Coop sich zu sehr in deine Einbindung in sein Unternehmen reinhängt und du ihn dann fallen lässt."

„Reinhängt? Unternehmen? Wann hast du begonnen, dich wie ein Geschäftsmann anzuhören?"

Er lächelte sie einfältig an. „Seit ich die Ranch vor einigen Jahren übernehmen musste, habe ich viel dazugelernt."

„Musste?" Das fing Natalies Aufmerksamkeit. „Ich dachte …"

„Wechsel nicht das Thema."

„Na gut. Ich schätze, das ist eine faire Frage. Ich habe Coop gesagt, ich bleibe bis zur Eröffnung. Danach kann ich nichts garantieren. Ich bringe das Baby hier auf die Welt, aber danach kann ich nicht bleiben."

„Ich verstehe nicht, warum."

„Ich weiß." Sie streckte ihre Hand aus und nahm seine. „Und es tut mir leid." Sie zuckte mit den Schultern. „Wie dem auch sei, die Tatsache, dass ich nicht bleiben werde, ist nicht das größte Problem, das Coops Unternehmen hat."

„Ich dachte, es läuft gut?"

„Der Teil mit dem Umbau schon. Es wird wunderschön. Ich bin mir nur nicht sicher, was wir reinstellen werden. Ich will den Laden nicht mit irgendwelchem kitschigen Zeug vollstopfen, das man überall finden kann. Ich hatte gehofft, einheimische Künstler zu finden, die Artikel herstellen, die wir verkaufen können."

„Davon müsste es einige geben."

„Vielleicht, aber ich weiß nicht, wo die sind oder wie ich sie finden könnte. Ich habe im Brew and Chew eine Anzeige aufgehängt, aber es hat sich noch keiner gemeldet … außer man zählt Mrs. Lippman und ihre gestrickten Teewärmer dazu."

„Du hast was gegen Teewärmer?", grinste Brody.

„Nein, aber es hat sich nur sie gemeldet. Ich habe sie gefragt, ob sie ihr Strickrepertoire erweitern könnte – du weißt schon, Schals, Handschuhe oder so." Natalie kicherte. „Du hast doch wohl nicht gedacht, dass ich sie gefragt habe, ob sie Brustwarzen-Pasties und Tangas stricken kann."

Brody lachte mit ihr. „Na, das ist aber schade. Gestrickte Brustwarzen-Pasties wären praktisch für den Winter in Utah."

Natalie haute ihn. „Hör auf. Jetzt werde ich Mrs. Lippman nie wieder in die Augen sehen können, ohne daran zu denken. Und ich muss mit ihr zusammenarbeiten."

„Aber mal ernsthaft, wieso sprichst du nicht mit Lucille?", fragte Brody.

„Was um alles in der Welt könnte sie schon tun?"

Brody schüttelte seinen Kopf. „Du solltest sie wirklich besser kennenlernen."

„Das sagt Cooper auch." Natalie musste zugeben, dass sie sich trotz ihres Versprechens Coop gegenüber, das sie ihm am Abend vor ihrem ersten Arbeitstag gegeben hatte, keine große Mühe gegeben hatte. Jedes Mal, wenn sie darüber nachdachte, erfand sie eine Ausrede, um etwas anderes zu tun. Es war ein großes Haus und sie war tagsüber nicht da, also war es nicht schwer, Lucille aus dem Weg zu gehen. Trotzdem blieb Brodys Züchtigung bei ihr hängen. „Wie könnte Lucille mir dabei helfen?"

„Erstens, sie kennt *jeden*. Zweitens, sie organisiert den jährlichen Weihnachts-Handwerkerbasar. Sie kann dir sagen, wer ernstzunehmende Künstler sind und was sie beitragen können."

„Wirklich? Ich wusste nicht einmal, dass Playbook Springs so einen jährlichen Basar hat."

„Sie hat ihn vor ein paar Jahren ins Leben gerufen. Er findet dort auf der Ranch statt." Brody lächelte. „Du würdest nicht glauben, wie viele Menschen kommen. Und einige der Dinge sind ganz schön unglaublich."

Lucille. Natalie seufzte. Könnte sie mit ihr zusammenarbeiten, ohne das Gefühl zu haben, sie würde sie zu bemuttern versuchen? Hatte sie eine Wahl? Es wäre wahrscheinlich nicht so schlimm. Außerdem, Coop meinte, sie müsste der Frau eine Chance geben. Das war ihre Gelegenheit. Optimistisch stand sie auf. „Okay, ich gehe jetzt und rede mit ihr."

„Sie und Papa sind ausgeritten, aber sie sollten bald wieder da sein."

Natalies Begeisterung flaute ab. „Vielleicht gehe ich rüber zu den Ställen und warte dort auf sie." Wenigstens kann sie sich die Zeit vertreiben, indem sie die Pferde besucht. Sie hasste Warten.

„Oh, noch was." Brody stand auf und legte eine Hand auf ihre Schulter. „Du hast gehört, dass Mary Connor Riley heiratet?"

„Ja."

„Dieses Wochenende ist ihre Verlobungsparty. Ich dachte mir, wir könnten zusammen hin. Connor war eine Klasse unter mir, aber er hat einige Jahre während der Sommerferien hier gearbeitet."

„Danke, aber ich gehe schon mit jemandem."

„Mit wem?"

Sie wusste nicht, ob sein überraschter Gesichtsausdruck sie beleidigen sollte oder nicht. Dachte er, sie hätte gar keine Freunde? Naja, hatte sie auch nicht wirklich. Keine eigenen zumindest. „Coop hat mich vor ein paar Tagen gefragt."

„Coop? Was zum …?" Brody drehte sich um und schlug mit einer Faust durch die Luft. „Ich dachte, er geht mit Jenna."

Natalie zuckte mit den Schultern. „Schätze nicht."

„Ich bin mir nicht sicher, ob es so eine gute Idee ist, mit Coop dorthin zu gehen."

Natalie versteifte sich vor Überraschung. „Bist du nicht … Aber warum, um alles in der Welt? Er ist dein bester Freund!"

„Er ist mein bester Freund. Und er ist ein toller Kerl, aber …"

„Aber es geht dich nichts an", sagte Natalie. „Coop würde mir nie wehtun."

„Natürlich würde er das nicht."

„Also willst du *ihn* vor mir beschützen? Vielleicht denkst du, dass an Rob DeMarcos Worten etwas Wahres dran ist?"

Brodys Augen weiteten sich. „Natürlich nicht! Du bist meine wunderschöne Schwester. Du bist umwerfend. Jeder Mann könnte sich glücklich schätzen, was mit dir zu tun zu haben und erst recht dich zu daten!"

„Ja, und dann gibt es da auch welche, die nicht deine Meinung teilen, nicht wahr?"

„Natalie …"

Sie schüttelte ihren Kopf. „Nein, Brody. Ich bin nach Hause gekommen, um meiner Familie nahe zu sein, wenn mein Kind auf die Welt kommt. Nicht, um wieder deine kleine Schwester zu sein, der du sagen kannst, wen sie daten kann und wen nicht."

„Also daten du und Coop jetzt?"

Natalie sah ihn nur an und warf dann ihre Arme in die Luft und stampfte davon. „Geht. Dich. Nichts. An. Großer Bruder." Sie warf sich ihren Mantel über, zog die Stiefel an und machte sich auf zu den Ställen. Die Temperatur war mit dem Sonnenuntergang gesunken und in der kalten Luft war eine Bitterkeit. Sie atmete lange aus und sah dabei zu, wie sich vor ihr ein nebliger Hauch bildete. Dann, trotz ihrer Frustration über Brody, lächelte sie, erinnerte sich daran, wie sie und ihre Mutter damals an diesen frühen Morgen, als sie sie zur Pferdekoppel begleitet hatte, so taten, als seien sie Feuer speiende Drachen.

Gott, sie vermisste sie. Ihr Lachen. Ihre Umarmungen. Ihre weisen Ratschläge.

Sie hatte ihrem Vater auch immer nahe gestanden, aber nachdem er Lucille geheiratet hatte …

Nein, mach das nicht. Denk nicht daran. Bleib in der Gegenwart, Natalie.

Sie atmete wieder aus. Jemand hatte ihr mal gesagt, wenn sie tief genug ausatmen würde, würden aus dem Kondenswasser Eiskristalle entstehen. Unwahrscheinlich, wenn man bedenkt, dass die Wärme ihres Atems diese Feuchtigkeitswolke erschuf, aber was soll's. Dadurch hatte sie etwas, worauf sie sich, abgesehen von der Kälte, konzentrieren konnte, während sie über das Feld ging.

Als sie an den Ställen ankam, war ihr etwas schwindelig. Sie stolperte, als sie die Tür hinter sich schloss, und lehnte sich dann über die niedrige Wand des ersten Stalls, versuchte, ihren Atem wieder zu normalisieren.

„Hey, geht's dir gut?" Starke Arme griffen um sie herum.

Sie drehte sich in seinen Armen und schaute auf in blaue Augen, die sich vor Sorge in Falten gelegt hatten. „Coop?"

„Pssst. Alles gut. Ist es das Baby?"

„Nein." Sie hatte das Gefühl, als würde sich alles um sie herum drehen. „Dem Baby geht es gut." Der Herzschlag, den sie eigentlich zu verlangsamen versucht hatte, raste jetzt. „Mir ist nur etwas schwindelig wegen der Anstrengung."

Er atmete erleichtert aus, ließ sie aber nicht los.

Sie musste schwer schlucken und schaute weiter in seine Augen. *Atme*, sagte sie zu sich selbst. *Atme.* Er konnte nicht dasselbe denken, was sie dachte, oder? Sie wollte ihn küssen, von ihm geküsst werden. Jede Faser ihres Körpers schrie nach seiner Aufmerksamkeit.

Langsam hob sie sich auf die Zehenspitzen und führte ihr Gesicht näher an seines heran.

Er zögerte, neigte dann seinen Kopf in ihre Richtung.

Sie wölbte sich nach vorn und befeuchtete ihre Lippen.

Er knurrte und zog sie näher an sich heran. Er umfasste ihren Hinterkopf und schließlich, endlich, spürte sie seinen Mund auf ihrem.

Coops Lippen waren weich und sanft. Natalie stand auf ihren Zehenspitzen, um mehr von ihm zu bekommen. Sie schlang ihre Arme um seinen Hals und drückte ihn an sich heran. Er reagierte, wie sie es gehofft hatte, und der Kuss wurde inniger. Sein Mund öffnete sich und seine Zunge glitt zwischen ihre Zähne. Er schmeckte nach Pfefferminz und Whiskey, genau wie ein Cowboy schmecken sollte.

Sie knabberte verspielt an seiner Unterlippe und zog sie dann in ihren Mund. *Himmel*!

Die Hand auf ihrem Rücken senkte sich und umfasste ihren Hintern, drückte sie an ihn heran. Sie konnte seinen stählernen Ständer spüren, der sich gegen ihren Bauch drückte. Sie genoss das Gefühl zu wissen, dass er sie wollte.

Sie wollte ihn auch. Sie wollte ihn schon, seit sie denken konnte. Beim Gedanken daran wurde sie ganz aufgeregt. Ihre Hände glitten auf seine Brust und sie knöpfte seine Jacke auf, damit sie ihm näher kommen konnte – seine Wärme spüren konnte.

Sie hatte es geschafft, die zwei oberen Knöpfe seines Shirts aufzumachen, als er sie plötzlich losließ und zurückwich. Er bückte sich, legte seine Hände auf seine Knie und keuchte.

„Was ist los?", fragte Natalie mit heiserer Stimme. Sie streckte ihre Hand nach seiner Schulter aus und er sprang auf, als hätte sie ihn geschlagen.

„Ich kann nicht … Ich sollte nicht …" Er sah elend aus. „Es tut mir so leid, Natalie. Das war wirklich unangebracht."

„Ich beschwere mich nicht", sagte sie, erschüttert von seinem schnellen Rückzug.

Er grinste verlegen und knöpfte sich sein Shirt zu. „Das hätte nicht passieren sollen."

„Warum? Du hast eine Regel, die das Knutschen mit schwangeren Frauen verbietet?" Ihre Enttäuschung war an der Verbitterung in ihren Worten zu erkennen.

„Das ist es nicht und das weißt du." Er schaute sich im Stall um, als würde er sonst wo lieber sein als hier. „Dein Bruder bringt mich um."

Brody? Er hatte sie gerade geküsst, sie Dinge empfinden lassen, die sie seit einer langen Zeit nicht empfunden hatte, nicht einmal mit Rob, und er dachte an Brody? Daran, was ihr Bruder hiervon halten würde? Sie erinnerte sich an ihren Streit mit Brody und ihre Wut wurde wieder entfacht.

„Warum glaubst du, dass mein Bruder ein Mitspracherecht darüber hat, wen ich küsse? Hat er dich gewarnt? Hast du deswegen in den vergangenen paar Wochen das verbale Vorspiel genossen, dann aber einen Rückzieher gemacht?"

Er versuchte, nach ihr zu greifen, aber sie wich zurück. „Natalie …"

„Ich sollte dir sagen, dass er dich schon zusammenstauchen will, weil du mich am Wochenende mit zur Verlobungsparty nehmen willst. So weit ich weiß, ist er noch nicht in der Phase, dich zu fassen und umzubringen, aber mit einem Kuss sollten wir ihm keinen weiteren Grund liefern, nicht wahr?"

Anstatt zu antworten, atmete Coop tief ein, schloss seine

Augen und lehnte sich an die Wand. Der Ausdruck von Ermüdung und Niederlage auf seinem Gesicht ließ sie seufzen. Langsam ging sie zu ihm hin, bis sie an der Wand neben ihm lehnte. Er öffnete seine Augen und sah sie an.

„Ich habe den Kuss genossen", sagte er leise.

Sie musste schwer schlucken beim Anblick seines erhitzten Gesichts. „O Gott, das habe ich auch."

„Aber Brody ist mein bester Freund. Und du hast gerade eine schwere Trennung hinter dir."

„Und ich bin schwanger."

„Und du bist schwanger. Du kannst also verstehen, wieso Brody dich beschützen möchte? Und wäre ich ein ehrenhafter Mann, würde ich dich während einer verletzlichen Phase ausnutzen wollen?"

„Du *bist* ein ehrenhafter Mann. Du hast mich nicht ausgenutzt. Ich habe den ersten Schritt getan."

Sein Blick fiel nach unten auf ihren Mund, ehe er wegschaute und sich räusperte. „Du musst dich wieder zurechtfinden. Dir der Geborgenheit deiner Familie sicher sein, wenn du dein Baby bekommst, Natalie. Und wir waren uns einig, dass wir nur Freunde sind, richtig? Freunde sollten sich nicht küssen. Nicht, wenn daraus nicht mehr werden soll. Oder willst du mir sagen, dass du mehr willst? Dass du darüber nachdenkst, länger in der Stadt zu bleiben?"

Sie dachte darüber nach. Natürlich wollte sie mehr von Coop. Mehr von seinem Mund. Seinen Händen. Seinem Körper. Aber mehr als das? Sicher, in einer Fantasiewelt könnte sie alles haben. In diese Stadt gehören. Zu Coop gehören. Ihr Baby mit ihm großziehen. Sich mit ihm ihr Leben teilen. Aber sie gehörte nicht hierher. Und Coop kam schon kaum damit klar, sie zu küssen, und erst recht nicht, sich mit ihr ein Leben aufzubauen.

„Eben", sagte er, als sie still blieb. „Also …"

„Also …", wiederholte sie. Sie richtete sich auf und rieb ihre

Hände aneinander. „Dann sind wir Freunde. Was machst du überhaupt hier?"

„Ich sollte mich mit Brody treffen, damit wir ausreiten. Ich schätze, er hat es vergessen." Coop zog den Reißverschluss seiner Jacke zu. „Ich schätze mal, ich gehe ins Haus und stelle mich ihm." Als sie ihm nicht folgte, drehte er sich um. „Kommst du?"

Natalie schüttelte ihren Kopf. „Nein, ich lasse euch Jungs das miteinander ausmachen. Ich warte auf Lucille."

Nachdem er gegangen war, waren die einzigen Geräusche, die Natalie hören konnte, das sanfte Atmen und die gelegentlichen Bewegungen der Pferde. Zu einem anderen Zeitpunkt hätte sie das als beruhigend empfunden. Heute Abend aber rasten ihre Gedanken in ihrem Kopf herum, durcheinander und verwirrt. Sie wollte Coop, daran bestand kein Zweifel. Trotzdem fühlte sich ihr Verlangen als etwas mehr an als die bloße Erfüllung einer Teenie-Besessenheit, mehr als Begierde. Er gab ihr das Gefühl der Sicherheit. Etwas, das sie zum letzten Mal … das sie eigentlich noch nie gespürt hatte.

Sie setzte sich auf einen Heuballen, lehnte sich an die Wand und streichelte ihren Bauch. Das musste es sein – die Schwangerschaftshormone brachten ihre Emotionen durcheinander, trieben sie dazu, nach Sicherheit zu suchen und sich niederzusetzen.

Es war aber ein falsches Versprechen. Natalie wusste, dass nur sie für ihre Sicherheit und die ihres Kindes sorgen konnte. Und das würde nicht in Playbook Springs passieren.

Coop stieß die Tür zum Brew and Chew auf. Er war kein regelmäßiger Besucher am Morgen, aber er hatte nicht gut geschlafen und war unruhig.

Trotz der Veränderungen, die er in Playbook Springs etablieren wollte, musste er zugeben, dass er die Beständigkeit dieses Ortes mochte und hoffte, dass es unverändert bleiben würde. Seit er ein Teenager war, kam er mit den Cowboys hierher, und er glaubte nicht, dass der Besitzer auch nur ein Foto an der Wand ausgetauscht hatte, und erst recht keinen Stuhl, Tisch oder Sitzecke. Chrommöbel, rot-weiß karierte Plastiktischdecken, sogar eine alte Juke-Box in der Ecke; es war, als würde er in eine Episode der alten Happy Days-Fernsehshow treten, die er als Kind ständig geschaut hatte.

„Willst du mit dem Üblichen beginnen?" Shirley, mit ihren Falten im Gesicht und dem langen grauen Haar, das zu einem Dutt auf ihrem Kopf zusammengesteckt war, schien sich auch nicht zu ändern.

„Ja, danke." Er suchte den Raum ab, suchte nach einem freien Platz und entdeckte Will, der ihm zuwinkte. Er setzte sich ihm gegenüber, als Shirley ein Glas schaumige Schokoladenmilch auf den Tisch stellte.

„Ernsthaft?" Wills Augenbrauen hoben sich fragend. „Was bist du? Zehn?" Er hob seinen eigenen Becher, um anzuzeigen, dass er einen Kaffee brauchte.

„Kein Koffein. Ich muss den Tempel reinhalten", sagte Coop und bewegte seine Muskeln.

„Und Bier und Whiskey helfen dabei, den Tempel reinzuhalten?"

Coop wurde durch die Rückkehr von Shirley vor der Antwort gerettet, die eine Schale mit fruchtbedecktem Joghurt vor Will abstellte. Sie schenkte ihm noch eine Tasse Kaffee ein und wandte sich dann an Coop. „Also?"

„Eier. Wurst. Rösti."

Sie nickte und ging, ohne es aufzuschreiben.

Coop trank einen Schluck Milch und betrachtete Wills Frühstück misstrauisch. „Was hat es mit dem Mädchenessen auf sich?"

„Im Gegensatz zu dir sitze ich den ganzen Tag an einem Schreibtisch, also muss ich auf meine Figur achten", sagte Will und tätschelte seinen Bauch.

„Vielleicht solltest du öfter zu Hause essen", sagte Shirley und sah vom Tisch auf, während sie ihn abwischte.

„Aber dann würde ich dein hübsches Gesicht vermissen", sagte Will und duckte sich, als ein Geschirrtuch in seine Richtung geflogen kam.

Coop fing es auf und gab es Shirley zurück, als sie kam, um es zu holen.

„Alles klar?", fragte Will, nachdem Shirley in die Küche verschwunden war. „Ich sehe dich normalerweise morgens nicht hier und du siehst nicht gut aus." Er nahm einen Bissen von seinem Frühstück.

Coop seufzte und lehnte sich zurück. Er war sich nicht sicher, wie er sich fühlte. Brody hatte ihn nicht so sehr angeschnauzt, wie er es erwartet hatte, nachdem er herausgefunden hatte, dass

Coop Natalie zur Verlobungsparty mitnehmen würde. Natürlich wusste er nichts von dem Kuss im Stall.

Warum hatte er das getan?

Dumme Frage. Er wusste, warum. Er hatte daran gedacht, sie zu küssen, fast seit dem Moment, als sie angekommen war. Er war öfter näher dran, als er es zugeben wollte. Es wurde immer schwieriger, jeden Tag neben ihr zu arbeiten und seine Hände bei sich zu behalten. Wenn er es nicht besser wüsste, würde er denken, dass sie ihn absichtlich neckte, wenn sie durch die Geschäfte glitt und sich beiläufig an ihn rieb, wenn sie an ihm vorbeikam; oder mit der Art, wie sie jeden Morgen mit ihrer Kaffeetasse Liebe machte. Mann, sie war sexy. Und vielleicht hatte sie ihn auch bis zu einem gewissen Grad geneckt, weil sie sich im Stall näher zu ihm gelehnt und ihm mitgeteilt hatte, dass sie wollte, dass er sie küsste.

Wie zum Teufel hätte er dem widerstehen können?

Und sobald sie in seinen Armen war … es fühlte sich einfach richtig an.

Zu richtig.

Die Art von richtig, dass er sich vorstellen konnte, wie sie mit der Zeit etwas gemeinsam aufbauten. Aber Natalie wollte das nicht. Sie hatte deutlich gemacht, dass sie nur vorübergehend in der Stadt war. Also hatte er getan, was er zu tun hatte. Er hatte ihr gesagt, dass es ein Fehler gewesen war. Er hatte eine Grenze gesetzt. Sie waren Freunde. Nur Freunde.

Als er also mit Brody gesprochen hatte und ihr bevorstehendes Date als nichts weiter ausgegeben hatte als das Treffen zweier Freunde, die zusammen zu einer Veranstaltung gingen, wo sie beide Leute kannten, hatte er nicht gelogen.

Die Fantasien, die er von Natalie hatte, während er wach war und während er schlief, in denen beide nackt und sehr, sehr freundlich auf eine nicht gerade freundschaftliche Weise miteinander umgingen, versuchte er zu ignorieren.

„Natalie?“, fragte Will.

Coop war nicht überrascht von Wills Wahrnehmung. Seine Beobachtungsgabe und Vermutungen machten ihn zu einem ausgezeichneten Anwalt. „Du hast die richtige Ahnung, was sie angeht", sagte er.

„Was meinst du?"

„Mittagessen an einem öffentlichen Ort. Wie kann sich Brody darüber beschweren?"

„Du meinst …", begann Will, stoppte sich dann selbst und richtete seine Aufmerksamkeit auf sein Frühstück.

„All diese Mittagessen, ich dachte einfach …" Coop kniff die Augen zusammen, als Will seinen Blick von ihm abwandte. Dann hatte er es verstanden. „Es war geschäftlich, nicht wahr? Du hast ihr geholfen, dieses Banken-Chaos in Kalifornien auf die Reihe zu bekommen."

Will blickte auf. „Du weißt, dass ich nichts bestätigen oder leugnen kann."

„Schweigepflicht. Ich verstehe." Coop fühlte sich unwahrscheinlich erleichtert.

„Du nimmst an, dass sie eine Klientin ist, und ich habe nicht gesagt, dass sie es ist." Will grinste. „Außerdem habe ich keine Lust auf Stress mit Brody und er hat uns ganz ausdrücklich gesagt, dass seine Schwester tabu ist."

Shirley legte Coops Frühstück vor ihn hin. Er starrte auf den fettgeladenen Festschmaus und schob ihn weg. Dass Will Brodys Anordnung erwähnt hatte, ließ ihm den Appetit vergehen.

„Ich kann nur sagen, dass du größere Eier hast als ich." Will streckte seine Hand aus und gabelte eine von Coops Würstchen auf.

„Ja, das versteht sich von selbst. Aber bezüglich mir und Natalie kann ich nichts bestätigen oder leugnen."

Will kicherte. „Das musst du nicht. Ich sehe Schuld auf deinem ganzen Gesicht. Ich bin ein Anwalt, weißt du noch? Ich besitze die Zeugnisse, um zu beweisen, dass ich ein Experte darin bin, die Wahrheit herauszufinden."

„Es läuft nichts.“

„*Noch* nicht.“

Coop hatte genug. Will half nicht dabei, dass Coop sich wegen dem, was letzte Nacht passiert war, besser fühlte. Das Problem war, dass obwohl er wusste, dass es nicht wieder passieren konnte, er nicht zuversichtlich war, dass er die Willenskraft besaß, sie nicht wieder zu küssen, wenn sich die Gelegenheit ergab.

„Ich muss in den Laden“, sagte Coop und zog seine Jacke an.

„Mach dir keine Sorgen, Mann. Ich halte dir den Rücken frei“, sagte Will und zog Coops Teller zu sich. „Naja, Brodys auch. Ich werde nicht Partei ergreifen, aber ich bin auf der Seite von dem von euch beiden, der nach dem Blutbad immer noch auf den Beinen steht.“

„Du bist so ein Idiot“, sagte Coop.

„Trottel. Das heißt A-N-W-A-L-T.“ Will genoss Coops Situation viel zu sehr.

Coop konnte immer noch das Lachen seines sogenannten Freundes hören, als er das Restaurant verließ.

Es war gut, dass Natalie angerufen hatte, um zu sagen, dass sie heute nicht kommen würde. Er musste seinen Kopf freibekommen und andere Dinge unter Kontrolle bringen, bevor er sie wiedersah.

„Warum zwei Kameras?“

Natalie senkte ihre alte Nikon-35-mm-Spiegelreflexkamera und wandte sich an Lucille. „Die Kleine ist digital. Ich benutze sie wie einen Notizblock, um Leute und Produkte aufzunehmen. Ich kann die Bilder auf meinen Laptop herunterladen und Coop zeigen. Diese“, sie hielt die Größere hoch, die sie gerade benutzt hatte, „hat einen Film. Ich fotografiere Dinge, die mich interessieren oder inspirieren.“

Es war atemberaubend, mit welcher Geschwindigkeit Lucille es geschafft hatte, dass Natalie eine Reihe von lokalen Handwerkern besuchte. Bis jetzt hatte sie sich von einem Töpfer, einem Juwelier und einer Frau, die wunderschöne Seidenschals malte, einfangen lassen. Lucille hatte ihr auch versprochen, ihr einige Frauen aus der Crow-Nation vorzustellen, die gerade jenseits der Grenze in Montana waren und erstaunliche Perlenstickereien machten.

Sie hob die Kamera hoch und machte ein weiteres Foto von Maggie Laurence an ihrer Staffelei mit der weiten, schneebedeckten Utah-Ebene, die durch das Fenster hinter ihr zu sehen war. Es war ein wunderschöner Schuss, perfekt gemacht durch die Konzentration auf das Gesicht der Künstlerin im mittleren Alter. Ihre Zunge ragte zwischen ihren Zähnen hervor. Maggie hatte sich auf winzige Miniaturlandschaften spezialisiert, reich an Farben und Tiefen. Sie würde eine ausgezeichnete Ergänzung im Geschenkeladen sein.

Nachdem sie sich entschuldigt hatte und auf die Toilette gegangen war – überall, wo sie gewesen waren, hatte sie Tee angeboten bekommen, der ihrer schwangeren Blase nicht standhielt –, kam Natalie zu Lucille und stieg in den Jaguar, den sie fuhr. Eine goldfarbene 1992er Limo. Nein, Lucille untertrieb mit nichts. Trotzdem war Natalie dankbar für die Hilfe, die sie ihr anbot.

„Ich würde gerne einige dieser Bilder sehen, die du mit deiner Filmkamera gemacht hast", sagte Lucille und fuhr auf die Autobahn. „Ich habe gesehen, wie du Fotos auf der Ranch gemacht hast. Ich dachte, wir könnten vielleicht etwas für die Marketingmaterialien verwenden, die Brody zusammenstellt."

„Ich würde sie auch gern sehen", sagte Natalie. „Aber zuerst muss ich irgendwo jemanden finden, der Filme entwickelt. Alle sind mittlerweile auf digital umgestiegen, also ist es nicht einfach." Jeden Morgen, bevor sie im Baumarkt ankam, hatte Natalie Fotos von den ersten Regungen des Morgens sowohl auf der Ranch als auch in Playbook Springs gemacht. Sie wusste nicht, ob sie das alles zu einem Thema und schließlich zu einer Ausstellung formen konnte, aber sie hatte das Gefühl, als hätte sie immer noch eine Karriere als Fotografin vor sich. Sie wusste auch, dass sie eine ordentliche Mappe mit etwas anderem als nur Promi-Aufnahmen brauchen würde, wenn sie nach der Geburt des Babys Arbeit finden wollte. Sie wollte schon immer freiberuflich arbeiten, aber die Ungewissheit und die Reiseanforderungen waren mit einem Kind vielleicht schwer zu bewältigen. Etwas Stabileres wie eine Stadtzeitung oder eine Zeitschrift könnte das sein, womit sie sich zufriedengeben würde. Oder vielleicht eine Werbeagentur in New York oder Chicago.

„Kannst du sie nicht selbst entwickeln? Das hast du früher gemacht." Lucille blickte zu ihm hinüber. „Wir haben deine Sachen nicht weggeschmissen."

„Du hast immer noch all meine Darkroom-Sachen?"

„Wir haben *alles*." Lucille sah zu ihr hinüber und lächelte sie an. „Dein Vater hat immer gehofft, dass du wieder nach Hause kommst."

„Das ist großartig. Vielen Dank."

Lucille nickte und wandte ihren Blick auf die Straße.

„Wohin als nächstes?", fragte Natalie.

„Das war alles, was ich für heute einrichten konnte. Für morgen stehen noch ein paar an." Sie zögerte und massierte nervös das Lenkrad. „Ich dachte, du möchtest vielleicht etwas einkaufen gehen. Deine Outfits werden langsam ein bisschen eng."

Natalie hatte dasselbe gedacht, aber sie hatte in Ashton nichts gefunden, was sie ansprach. Dringender war jedoch, etwas für die Verlobungsparty zu finden. Sie wollte ursprünglich atemberaubend aussehen, wenn sie ihre alten Schulkameraden traf, dass diese den bösen Klatsch und den Grund, warum sie nach Playbook Springs zurückgekehrt war, vergaßen. Aber nach der letzten Nacht interessierte sie sich weniger für das, was sie dachten; sie konzentrierte sich ausschließlich darauf, dass Coop nur sie bemerkte.

Sie führte ihre Hand an ihre Lippen und erinnerte sich an die erste vorsichtige Berührung seines Mundes. Diese Sanftheit war schnell zu Leidenschaft gewachsen. Es war nicht nötig gewesen, dass er aufhörte. Sie waren Erwachsene. Warum sollten sie nicht haben, was sie beide so offensichtlich wollten? Brody und seinen fehlgeleiteten Sinn brüderlichen Schutzes einfach vergessen.

Es war Monate her, seit sie und Rob miteinander geschlafen hatten. Er war kalt und distanziert geworden, sobald sie ihm gesagt hatte, dass sie dachte, sie könnte schwanger sein. Coop hätte sie nicht verlassen, auch wenn er nicht auf die Vaterschaft vorbereitet gewesen wäre. Nachdem sie fünf Jahre in Hollywood gelebt hatte, hatte sie fast vergessen, dass es anständige Männer gab. Und Coop war definitiv einer der Guten. Es wäre wunderbar, so jemanden in ihrem Leben zu haben, aber sie wusste, dass es nicht so sein sollte. Er würde Playbook Springs niemals verlassen und sie konnte nicht bleiben.

Aber sie hatte nachgedacht, nachgedacht und an diesen Kuss gedacht und … Ja, sie würde Playbook Springs verlassen, aber was wäre so falsch daran, einander jetzt zu genießen? Sie hatte keine Verpflichtung von ihm erwartet, also war Coop in der Hinsicht fein raus. Es wäre wahrscheinlich eine Erleichterung für ihn, mit einer Frau zusammen zu sein, die keine Ehe suchte, sondern nur Spaß. Zugegeben, er hatte vorgeschlagen, dass sie bleiben sollte, damit dieser Kuss zu einem richtigen wurde, aber er war es gewohnt, auf dieser ehrenhaften Schiene zu fahren, und die Tatsache, dass sie Brodys Schwester war, machte alles hundertfach schlimmer. Sie musste ihn nur davon überzeugen, dass sie im Hier und Jetzt, auch ohne eine Verpflichtung, ihn nicht ausnutzen würde, sondern dass er ihr geben würde, was sie am meisten brauchte. Bindung. Intimität. Leidenschaft.

Leidenschaft könnte sie aus Coop entlocken, wenn sie etwas Besonderes zur Verlobungsparty trug.

„Kann ich dieses Lächeln als ein Ja zum Shoppen deuten?", fragte Lucille hoffnungsvoll.

„Sicher, aber ich weiß nicht wo."

„Ich kenne genau den richtigen Ort."

Drei Stunden später kehrten sie zur Ranch zurück. Perrys Augen weiteten sich, als er die Anzahl der Taschen sah, die Natalie und Lucille ins Haus trugen.

„Hast du die ganze Stadt aufgekauft?" Perrys scherzhafter Tonfall widersprach seinem grimmigen Gesichtsausdruck.

„Es ist nicht für mich. Es ist Umstandskleidung für Natalie und vielleicht ein paar Dinge für das Baby." Lucille stand auf ihren Zehenspitzen und küsste ihren Ehemann.

Perry schlang seine Arme um Lucille und zog sie eng an sich. Über ihren Kopf hinweg warf er Natalie einen fragenden Blick zu, als wollte er fragen: *Sehe ich wirklich eine Entspannung zwischen den beiden Frauen in meinem Leben?* Sie lächelte und Perry lächelte zufrieden zurück.

Es war ein guter Tag gewesen – ein sehr guter Tag. Natalie war vielleicht Gegenstand von Spott und Tratsch gewesen, als Lucille Perry geheiratet hatte, aber das war kindisches Zeug. Es war offensichtlich, dass die Stadt ihren Vater und Lucille liebte und respektierte. Es war viel zu lange her, als dass Natalie mit dem alten Groll von Neuem beginnen musste. Natürlich nicht mit dem Gedanken, für immer hier zu leben, aber mit dem Gedanken, ihre Beziehung zu Lucille zu verbessern.

„Danke, Lucille, für alles." Sie schenkte der Frau ein warmes Lächeln. „Ich denke, ich werde nach oben gehen und mich vor dem Abendessen hinlegen."

„Willst du mir nicht zeigen, was du gekauft hast?", fragte Perry.

„Sei nicht albern, Perry. Natalie ist kein kleines Kind mehr", schimpfte Lucille. „Komm mit mir. Ich mache dir einen Tee und fange dann mit dem Abendessen an." Sie führte ihn in die Küche, drehte sich um und zwinkerte Natalie zu, kurz bevor sie um die Ecke verschwand.

Natalie nahm einen Arm voller Taschen und stieg die Treppe zu ihrem Zimmer hinauf. Lucille hatte Perry die Wahrheit gesagt. Es war Umstandsmode für Natalie und ein paar Sachen für das Baby. Aber es gab auch einen sexy Minirock und eine tief geschnittene Pulli-Kombination, die perfekt für die Verlobungsparty am Wochenende war.

KAPITEL 8

„Kann ich reinkommen?"

Natalie erhob sich von ihrer Eitelkeit und winkte Lucille in ihr Schlafzimmer.

Lucille legte eine kleine kofferähnliche Schachtel auf das Bett. „Ich dachte, ich könnte mit deinem Make-up helfen", sagte sie.

Natalie warf einen Blick auf ihr Spiegelbild. „Ich bin fertig."

Lucille knurrte und schüttelte den Kopf. „Du siehst sehr hübsch aus, aber ein bisschen schlicht, findest du nicht? Du hast so schöne Augen."

Natalie erstarrte dank Lucilles scheinbarer Kritik, aber dann atmete sie tief durch und erinnerte sich daran, dass sie ihre Beziehung mit Lucille verbessern wollte. Damit das passieren konnte, musste sie anfangen zu glauben, dass Lucille das Beste für Natalie wollte, auch wenn sie nicht immer wusste, wie man das zustande brachte.

Also zählte Natalie bis fünf, dann beugte sie sich näher an den Spiegel und untersuchte ihr Gesicht. Rouge? Mascara? Lipgloss? Was gab es mehr zu tun? Sie war nie ein Fan von übermäßig geschminkten Looks gewesen, den die Sternchen, die sie in Hollywood fotografiert hatte, bevorzugten. Sie war stolz darauf, dass sie bei ihrer eigenen Pflege „clean" bleiben konnte. Es war ihr Markenzeichen – das, was sie von ihren Fotoobjekten unterschied.

„Ich weiß, dass du nicht viel Make-up trägst", sagte Lucille. „Aber lass mich für heute Abend etwas Besonderes für dich versuchen. Wenn es dir nicht gefällt, kannst du es abwaschen. Ich werde nicht beleidigt sein. Versprochen."

Okay, dachte sich Natalie. Es konnte nicht schaden. Es wäre nicht das erste Mal, dass sie jemandes Versuch, sie in ein Modepüppchen zu verwandeln, abwusch. Und außerdem hatte Lucille ihr Versprechen, Natalie zu helfen, Künstler für den Geschenkeladen zu finden, mehr als erfüllt. Nach nur wenigen Tagen hatte sie eine ganze Reihe von einzigartigen und aufregenden Produkten für den Verkauf.

Coop schien die Art, wie sie aussah, zu mögen, wenn man die Art, wie sein Blick ihr durch den Laden folgte, als Zeichen dafür deuten konnte. Aber nach diesem Kuss war er ihr gegenüber immer noch distanziert, seine Sorge um Brody war stärker als seine Begierde nach ihr. Vielleicht musste sie heute Abend eins drauflegen. Offensichtlich war etwas zwischen ihm und Jenna und der Himmel weiß, dass die Frau niemals ohne Make-up in der Öffentlichkeit gesehen wurde. Natalie hatte das Outfit, vielleicht sollte sie sehen, was Lucille mit dem Rest von ihr anstellen konnte.

„Okay, aber kein blauer Lidschatten", sagte Natalie.

„O mein Gott, nein!" Lucille drehte Natalie vom Spiegel weg. „Nicht gucken, bis ich fertig bin." Dann öffnete sie ihren Make-up-Koffer und machte sich an die Arbeit.

Als Lucille ihr Ding machte, kehrten Natalies Gedanken zu Coop zurück. Sie schienen ihn aber auch nie für lange Zeit zu verlassen. Dieser Kuss, ja – wann immer sie an ihn dachte, empfand sie einen Hauch von Vergnügen –, aber sie war viel mehr überrascht darüber, wie sehr es ihr einfach Spaß machte, Zeit mit ihm zu verbringen. Es frustrierte sie, dass er in letzter

Zeit offensichtlich versuchte, sich auf eine Art und Weise von ihr zurückzuhalten, die er vorher nicht gehabt hatte. Sie hatte Coop Fotos von den Artikeln geschickt, die sie für den Geschenkeladen besorgt hatte, und seine Reaktion war begeistert. Geschäftlich begeistert.

Sie lächelte und dachte über ihren Plan nach, noch mehr begeisterte Reaktionen von ihm zu bekommen. Sie freute sich auf einen Abend des gemeinsamen Flirtens und Tanzens. Ein langsames Necken, mit dem sie ihn dazu bringen wollte, seine Vorbehalte gegenüber Brody zu vergessen und sich darauf zu konzentrieren, wie viel Spaß sie nach der Party zusammen haben könnten. Ihr Outfit war nur die Vorspeise – was sie darunter trug, war das Hauptgericht, das hoffentlich zu einer süßen Nachspeise führte. „Was auch immer du denkst, behalte es kurz für dich", sagte Lucille. „Du musst dein Gesicht stillhalten."

„Tut mir leid", sagte Natalie und versuchte, ihr Gesicht stillzuhalten. Es war nicht einfach. Sie legte ihre Hand auf ihren Bauch. Obwohl sie schwanger war, hatte Coop gesagt, sie sei sexy. Sie musste zugeben, dass die Schwangerschaft ihr Verlangen überhaupt nicht gezügelt hatte. Es war schon zu lange her, seit sie mit einem Mann zusammen gewesen war, und sie wollte unbedingt Coop. Ernsthaft, wie konnte er zu Sex ohne Verpflichtungen Nein sagen?

„Natalie!"

„Ups, Entschuldigung." Sie zwang ihr Gesicht zum Erstarren.

„Fast fertig", sagte Lucille und strich sanft mit einem Pinsel über Natalies Wangen. „Okay, bist du bereit?"

„Sicher."

„Klingt nicht so begeistert." Lucille kicherte. „Du wirst überrascht sein." Sie drehte den Stuhl herum.

Natalie konnte nicht viel Make-up sehen, aber ihre Augen sahen größer und grüner aus als sonst. Und ihr Teint … Sie hatte immer eine gute Haut, aber jetzt leuchtete sie.

Lucille trat nervös von einem Fuß auf den anderen. „Gut? Was denkst du?"

„Es sieht so aus, als hätte ich kaum ein Make-up, aber …" Sie wandte sich wieder dem Spiegel zu und sah erneut hin, drehte ihren Kopf von einer Seite zur anderen und betrachtete sich von allen Seiten. Es war so subtil und sah natürlich aus. Natalie konnte nicht glauben, dass Lucille, die nie ihr eigenes Make-up vermasselte, es auch bei ihr geschafft hatte.

„Na, das ist ja auch der Punkt", lachte sie.

„Du könntest in Hollywood ein Vermögen machen", sagte Natalie.

„Oh, jetzt bist du albern", sagte Lucille. „Es gefällt dir? Ja wirklich?"

„Ich liebe es. Danke." Natalie stand auf und umarmte Lucille. Ihre Reaktion überraschte sie beide. Natalie fühlte sich peinlich berührt, als sie sich trennten, aber Lucille errötete, offensichtlich vergnügt.

„Du siehst absolut umwerfend aus", sagte Lucille. „Der arme Coop wird jeden Mann aus dem Ort abwehren müssen."

Natalie fuhr mit ihren Händen über ihren seidigen, silberfarbenen Pulli und über ihren Bauch, der eine schöne kleine Kugel bildete, und zog am Saum ihres schwarzen Minirocks. „Du denkst nicht, dass es zu provokant ist, wenn man bedenkt, dass ich schwanger bin, oder? Vielleicht hätte ich etwas Lässigeres tragen sollen." Sie wollte sexy aussehen, nicht verzweifelt oder trashig.

„Du versuchst doch nicht, deine Schwangerschaft zu verstecken, oder?"

„Ich denke nicht, dass es viel Sinn machen würde. Ich bin mir sicher, die ganze Stadt weiß es", sagte Natalie.

„Ich sage immer, wenn du es hast, stell es zur Schau. Und du hast es, Mädchen. Geh da rein, mit erhobenem Kopf. Es gibt *nichts*, wofür du dich schämen müsstest."

„Vielen Dank, Lucille. Für alles."

Sie tauschten einen langen, bedeutungsvollen Blick aus. Zum ersten Mal spürte Natalie das Gewicht ihres kindlichen Grolls auf Lucille und das ganze Mobbing, das sie als Teenager erfahren hatte, als Lucille ihren Vater geheiratet hatte, schwand aus ihrem Kopf.

Sowohl Perry als auch Brody schauten zwei Mal hin, als sie ins Wohnzimmer trat. Perry stellte sein Getränk ab und ging auf sie zu. „Du siehst umwerfend aus, Liebling." Er küsste sie auf die Wange.

„Vielen Dank. Lucille hat geholfen", sagte Natalie und gab ihr die Anerkennung, aber sie wusste auch, dass ihr Vater es zu schätzen wissen würde.

„Ich bin mir nicht sicher, ob du das tragen solltest", sagte Brody vorsichtig.

„Warum nicht?" Natalie hob ihr Kinn.

„Naja", er fuhr sich mit der Hand über den Kopf, „ich bin nur nicht sicher, ob es angemessen ist."

„Weil ich deine Schwester bin oder weil ich mit Coop gehe?"

„Na, jetzt aber!", platzte es aus Brody heraus.

„Beides stimmt, oder? Wenn ich eine andere Frau wäre, hättest du nichts gegen mein Outfit. Du würdest mich wahrscheinlich auch noch anbaggern."

„Igitt." Brody wandte sich ab.

„Da hat sie dich erwischt, Sohn", kicherte Perry.

„Also, wen nimmst du mit?", fragte Natalie Brody.

„Niemanden." Brody ließ sich auf den Fernsehsessel fallen und hängte ein Bein über die Armlehne.

„Ich dachte, jeder sollte ein Date mitbringen?"

„Nee. Wir gehen immer alleine zu diesen Veranstaltungen für Pärchen. Wahrscheinlich gibt es dort alle möglichen neuen Mädchen – Verwandte, Mädchen aus Marias Schwesternschaft vom College … Wer weiß?"

„Aber ich dachte, Coop geht sonst immer mit Jenna?", sagte Natalie.

„Nur wenn er keinen Weg findet, es nicht zu tun.“

Wie etwa, mich zu fragen. Natalie versuchte, nicht auf die negativen Konnotationen dieser Bemerkung einzugehen. Sicher, er hatte sie gefragt, um Jenna aus dem Weg zu gehen, aber das musste nicht der *einzige* Grund gewesen sein, warum er sie gefragt hatte. Und da war noch dieser Kuss …

„Da sind sie“, sagte Perry und wandte sich vom Fenster ab, um Brody anzusehen. „Einer von euch trinkt heute Abend nicht, richtig?“

„Jawohl. Will ist dran.“ Brody stand auf und ging auf die Tür zu, während er im Vorbeigehen langsam Natalies Kopf tätschelte. „Wir sehen uns später, Sprite.“

„Was hast du heute Nacht vor, Papa?“, fragte Natalie. „Kommst du zur Party?“

„Nein, das ist für euch junge Leute. Meine Liebste sagt, ihr sei nach tanzen. Da spielt eine Band in der Legionshalle drüben in Sheridan“, sagte er. „Oh, hier ist Coops Truck.“

Natalie rutschte das Herz in die Knie, als Coop seinen Truck auf einen vertrauten Parkplatz lenkte. „Du willst mich wohl auf den Arm nehmen? Es ist in der *High School*?“, quietschte ihre Stimme.

Sie war erfreut über seine Reaktion, als er sie auf der Ranch abgeholt hatte. Während Perry und Brody von ihrem Aussehen überrascht waren, waren Coop fast die Augen aus dem Kopf gefallen, und er schien sich unbehaglich zu winden, als sie sich an ihm vorbeidrückte, um ihren Mantel zu holen. Sie hatte sich selbstbewusst gefühlt und wollte nicht nur den Abend mit Coop verbringen, sondern auch ihren ehemaligen Klassenkameraden zeigen, dass aus der burschikosen Außenseiterin eine attraktive und versierte Frau geworden war, auf die der begehrteste Junggeselle der Stadt ein Auge geworfen hatte. Aber doch nicht hier!

Nicht an dem Ort, der so viele schreckliche Erinnerungen hochkommen ließ.

Er stellte den Motor ab und drehte sich zu ihr. „Es ist der einzige Ort in der Stadt, in den alle reinpassen. Außerdem dachte Mary, dass es süß wäre, die Party an dem Ort zu schmeißen, an dem sie und Connor sich kennengelernt haben."

„Sie haben sich in der Grundschule kennenglernt", sagte Natalie.

„Okay, an dem Ort, wo sie sich ‚verliebt haben'. Besser so?"

Sie zuckte mit den Schultern und sah auf ihre behandschuhten Hände hinunter.

„Wir müssen nicht gehen, wenn du nicht willst", sagte Coop.

Sie drehte sich zu ihm um. Sein Blick war besorgt. Er wusste, warum sie zögerte, und sie schätzte seine Besorgnis. Sie atmete tief durch. „Ich komme schon klar. Ich meine, nachdem ich im nationalen Fernsehen öffentlich gedemütigt wurde, wie schlimm kann das hier schon werden?"

„Das ist die richtige Einstellung!" Coop kicherte und stieg aus dem Truck. Er ging herum und öffnete ihre Tür. „Schöner Rock", murmelte er, als ihr Rock nach oben rutschte, während sie aus dem Truck stieg.

„Vielen Dank. Ich habe an dich gedacht, als ich ihn gekauft habe."

Er erstarrte und atmete tief durch. Er fuhr sich mit der Hand durchs Haar. „Gott, Natalie. Du kannst sowas nicht sagen und …"

Sie zog eine Augenbraue hoch. „Und was?"

„Und erwarten, dass ich dich nicht wieder küssen will. Und ich habe dir schon gesagt, warum das nicht passieren kann."

„Das hast du. Bedeutet nicht, dass ich damit einverstanden bin. Jetzt komm, wir können später argumentieren. Im Moment ist mir nach Tanzen."

Gemeinsam gingen sie in die High School und Natalie verkniff sich ein Lächeln, als Coop, stets ein Gentleman, seine Hand auf ihr Kreuz legte, um sie zu führen. Sie fragte sich, ob er sie vor Vergnügen zittern fühlte, aber sie musste sich nicht länger fragen, als sie zu ihm aufblickte und sah, dass sein Mund zwar kein Lächeln formte, seine Augen aber dunkel und feurig mit starken Emotionen durchdrungen waren. Ja, das wird definitiv ein interessanter Abend.

Die High School sah aus, als wäre es vom Abschlusskomitee eingerichtet worden – nicht, dass sie das aus erster Hand wusste, da sie ihren Abschlussball nicht besucht hatte, aber wenn sie es getan hätte, glaubte sie, dass es genau so ausgesehen hätte. An der Decke hingen riesige Gardenien aus weißem Papier und an einer Wand stand ein Bogen mit einem Spalier, der mit künstlichen Reben und Rosen bedeckt war. Mary und Connor saßen unter dem Spalier, Königin und König des Balles.

Der einzige Unterschied war der Zusatz einer Bar, die unter einem der Basketballnetze aufgestellt war. Natalie erkannte Alan, Marys Cousin, der Getränke servierte. Sie berührte ihren Bauch. Heute Abend ausschließlich Mineralwasser.

„Sollen wir dem glücklichen Pärchen Hallo sagen?", fragte Coop und steuerte sie auf das Spalier zu.

Als sie näher kamen, standen Mary und Connor auf, um sie zu begrüßen. Mary trug ein rosafarbenes, gerafftes Kleid, das zu ihren geglätteten, erdbeerblonden Haaren zu jugendlich aussah. Connor sah aus, als hätte er die Party schon früh begonnen, und wankte leicht betrunken hin und her. Er trug einen dunkelgrauen Anzug mit einer rosa Krawatte – in dem gleichen Farbton wie Marys Kleid. Mit seinen blonden Haaren und seinen babyhaften Gesichtszügen ähnelte er einem jungen Mann, der sich verkleidet hatte.

Natalie konnte nicht anders, als sein Unbehagen mit Coop zu vergleichen, der sich in seiner dunkelblauen Jeans und dem königsblauen Anzughemd vollkommen wohlfühlte. Sein schwarzer Cowboyhut war wie immer auf seinem Kopf. Als sie sich schnell in der Halle umsah, war es offensichtlich, dass sowohl der Gastgeber als auch die Gastgeberin für den Anlass völlig overdressed waren.

„Natalie! Ich bin so froh, dass du kommen konntest", sagte Mary und erhob sich, um sie auf die Wange zu küssen. „Erinnerst du dich an Connor Riley? Er war ein paar Klassen über uns." Sie wandte sich an Coop und küsste ihn ebenfalls. „Es war so nett von dir, dass du sie mitgenommen hast."

„Ich bin froh, dass ich kommen konnte", sagte Natalie und wandte sich dann an Connor. „Herzlichen Glückwunsch." War es bloß Einbildung oder hatte Connor versucht, in ihr Dekolletee zu spicken?

„Ja, Glückwunsch, Mann." Coop klatschte Connor auf den Rücken, vielleicht mit ein bisschen mehr Begeisterung, als nötig war. Connor taumelte nach vorn, aber Mary fing ihn auf, bevor er tatsächlich stolperte.

„Hallo, hallo, hallo, allerseits." Jennas Stimme übertönte das Dröhnen des DJs, als sie aus einer dunklen Ecke der Sporthalle erschien. Sie trug hautenge Leggings, die durch die hochhackigen Stiefel betont wurden, die bis über die Knie gingen. Ihr weicher roter Rollkragenpullover war ihr um die Brüste herum etwas zu eng und ihre Haare hingen lose um ihre Schultern. Den Blicken nach zu urteilen, die sie erhielt, schätzten sowohl Coop als auch Connor die Mühe, die sie für heute Abend in ihr Aussehen gesteckt hatte.

Fein. Die Wette gilt.

Jenna gab allen falsche Küsse auf die Wange. Natalie versuchte, nicht zusammenzuzucken, als sie an der Reihe war.

„Ich bin so froh, dich erwischt zu haben", sagte Jenna zu ihr. Sie drehte sich zu ihrer Freundin. „Mary, weißt du noch, wir wollten Natalie was fragen?"

„Oh ja, stimmt. Ich habe es vergessen." Mary errötete und Natalie wappnete sich für Demütigung. Sie traute keiner der Frauen über den Weg.

Coop musste ihr Unbehagen gespürt haben, denn er nahm

ihre Hand und drückte sie sanft, beruhigte sie und versicherte ihr, dass er für sie da war. Es war eine süße, beschützerische Geste. Sie erwiderte dankbar sein Drücken. „Was wolltet ihr fragen?"

„Nun", Mary sah Connor an, der zu seinem Platz zurückgekehrt war. Wenn er auch wusste, was passieren würde, so zeigte er keinerlei Interesse daran. „Wir haben uns gefragt, ob du vielleicht unsere Hochzeit fotografieren würdest."

„Wie bitte?"

„Naja, du bist doch Fotografin, oder?", warf Jenna ein. „Ich dachte, der Job würde dir gefallen."

„Ich bin keine Hochzeitsfotografin."

„Aber du hast viele Hochzeiten fotografiert. Hast du nicht die von Sofia und Joe vor einer Weile gemacht?"

„Ich habe sie für mein Magazin fotografiert. Joe und Sofia hatten ihren eigenen Hochzeitsfotografen", sagte Natalie. „Da ist ein Unterschied."

„Tut mir leid. Ich wollte dich nicht beleidigen", sagte Jenna verärgert.

„Ich bin mir sicher, dass es in der Gegend viele ausgezeichnete Hochzeitsfotografen gibt", sagte Coop. „Sollen wir was trinken?" Er schob seine Hand unter Natalies Ellbogen und schob sie durch die Sporthalle in Richtung Bar.

„Eine *Hochzeits*fotografin?", fragte Natalie.

„Lass gut sein."

„Einfach für dich, das zusagen. Es ist nichts falsch daran, ein Hochzeitsfotograf zu sein, wenn es das ist, was man für sich gewählt hat, aber sie weiß, dass *ich* das nicht tue."

„Natalie, sie wollen dich nur nerven."

„Und das kriegen sie auch gut hin."

„Nur, wenn du sie lässt." Er sah sich um und stellte fest, dass sie mitten auf der Tanzfläche standen, nahm sie in seine Arme und begann, sie in einem sehr effizienten Two-Step zu drehen.

Sie entspannte sich und genoss den Tanz. Coop hatte recht.

Sie hatte Jenna und Mary bereits geschlagen, indem sie mit Coop hergekommen war.

Als der DJ als nächstes einen langsamen Song wählte, drückte sich Natalie näher an Coops Brust. Er versteifte sich, blieb stehen und trat zurück.

„Lass uns etwas trinken“, sagte er.

„Ich habe keinen Durst.“ Sie trat wieder an ihn heran und legte ihren Kopf an seine Brust. Sie spürte, wie er seufzte, bevor er seine Hände leicht auf ihre Hüften legte und sich zum Rhythmus der Musik bewegte.

Jedes Mal, wenn Natalie versuchte, sich ihm zu nähern, versteifte er seine Arme, um sie von sich fernzuhalten. Sobald das Lied vorbei war, ließ er sie los und sah sich nervös in der Sporthalle um.

„Immer noch keinen Durst“, sagte Natalie.

„Hör zu, Natalie …“, begann er, aber sie ignorierte ihn, dieses Mal legte sie ihre Arme um seinen Hals, so dass sie sich eng an seinen Körper drückte, ehe er sie aufhalten konnte.

Obwohl er seine Arme locker um sie gelegt hatte, konnte sie an seinem mühsamen Atmen und der Beule in seiner Jeans, die sich an ihrer Hüfte rieb, erkennen, dass er darum kämpfte, seine Reaktion auf sie unter Kontrolle zu bekommen. Es war eine Schlacht, die sie ihn unbedingt verlieren lassen wollte, und sie drückte sich näher an ihn heran.

„Was machst du?“, flüsterte er.

„Was denkst du, was ich mache?“

„Natalie, das können wir nicht.“ Sein Ton war jetzt härter.

„Nun, natürlich nicht hier. Aber danach …“

„Nein, nicht einmal dann.“

„Wenn du dir Gedanken wegen Brody machst …“

„Es geht nicht nur um ihn.“ Er seufzte.

„Was ist es dann? Es ist offensichtlich, dass da etwas zwischen uns ist. Warum können wir einander nicht einfach nur genießen? Ich bin nicht auf der Suche nach einer Verpflichtung oder so.“ Sie hielt inne, als Selbstzweifel drohten, ihre Pläne entgleisen zu lassen. „Es sei denn, ich deute die Dinge falsch."

„Du deutest nichts falsch."

Die Musik wurde schneller. Coop blieb stehen und Natalie senkte die Arme und trat zurück, damit sie zu ihm aufschauen konnte. Sein Mund war streng und seine Augen waren verengt, als sie sie anstarrten. Er nahm grob ihre Hand und führte sie von der Tanzfläche in den Korridor hinaus.

Sie konnte den Lärm der Musik in der Turnhalle unter Coops schwerem Atem hören, als er sie mit sich zog. Wohin gingen sie? Sie konnte nicht sagen, ob er wütend oder scharf auf sie war, bis er anhielt und sie böse anstarrte. Definitiv wütend.

„Hör zu Natalie, wir haben das schon besprochen. Du hast in letzter Zeit viel durchgemacht. Du bist verletzlich und ja, vielleicht bist du auch scharf; aber du hast deutlich zu verstehen gegeben, dass du nicht vorhast, länger als nötig in Playbook Springs herumzuhängen. Ich weiß nicht, was du aus Hollywood gewöhnt bist, aber ich bin nicht an beiläufigem Sex interessiert."

Natalie spürte, wie ihr Gesicht in Flammen aufging. *Beiläufig.* Es klang krass und verzweifelt. Aber das war es doch, was sie vorgeschlagen hatte, oder?

Nein, sie hatte geglaubt, dass sie und Coop mehr hatten als das. Sie hatten eine Verbindung. Sie waren keine zufälligen Fremden, die sich nur zum Sex trafen.

Trotzdem hatte er ihr Angebot auf diese Weise aufgefasst – was also verriet das darüber, wie er *sie* sah?

„Nachricht angekommen", sagte sie steif. „Ich werde dich nicht mehr belästigen." Sie drängte sich an ihm vorbei, um den Korridor zur Sporthalle zu verlassen, entschlossen, ihm zu zeigen, dass sie ihn sowieso nicht brauchte.

Sie hörte, wie er ihren Namen rief, aber sie drehte sich weder um noch blieb sie stehen.

Und er folgte ihr nicht.

KAPITEL 9

„Wow!" Corey, dessen Gesicht rot vom Tanzen war, klopfte Coop auf den Rücken und nahm das Bier, das Brody ihm reichte. „Marys Freundinnen aus der Schwesternschaft sind wirklich der Hammer, oder?"

„Ja, schade nur, dass du heute Abend vergeben bist", sagte Brody zu Coop, als er mit Corey mit seiner Flasche anstieß. „Ich erwarte, dass du meine Schwester heil und gesund nach Hause bringst."

„Das ist der Plan", sagte Coop und trank einen Schluck Mineralwasser. Zumindest hoffte er, dass das immer noch der Plan war. Er hatte keine Zeit mehr mit Natalie verbracht, seit sie wütend von ihm weggestürmt war, nachdem er ihre Annäherungsversuche zurückgewiesen hatte, und das war vor fast zwei Stunden gewesen. Aber was hätte er tun sollen? Beiläufiger Sex ist für sie vielleicht in Ordnung, aber das war nicht sein Stil. Und während Brody nicht der *Grund* war, warum er keinen Sex mit ihr haben wollte, sorgte er sich immer noch darum, was sein bester Freund denken würde, wenn er es tun würde.

Während Natalie in der High School vielleicht nicht beliebt gewesen war, war sie heute Nacht die Hauptattraktion. Coop nahm an, dass sie wahrscheinlich mit jedem Typen hier getanzt hatte – nicht, dass er sie oder irgendetwas ausspionierte, aber sie war schwer zu ignorieren und außerdem, was sollte er noch tun?

Jenna zeigte ihm ebenfalls die kalte Schulter. Auch gut. Er sah sie in einem neuen Licht und das gefiel ihm nicht. War sie schon immer so schrill und unfreundlich?

„Hier, halt mein Bier." Brody reichte Coop seine Flasche. „Da ist eine reizende Rothaarige in der anderen Ecke, zu der ich hin muss."

„Ich verstehe dich heute Abend nicht." Corey neigte seinen Kopf und warf Coop einen neugierigen Blick zu. „Nur, weil du Brody gesagt hast, dass du sicherstellst, dass Natalie heil nach Hause kommt, heißt das nicht, dass du die Action hier nicht abchecken kannst! Ich meine, du kannst doch mit einer dieser schönen Frauen ein Treffen ausmachen, nachdem du sie abgesetzt hast." Er deutete auf eine Gruppe von drei Frauen neben der Bar. „Wie wär's, wenn wir uns diesen Schönheiten vorstellen? Sie sehen uns bedeutungsvoll an."

Coop schüttelte den Kopf. „Geh du ruhig. Ich bin heute Abend nicht in Stimmung."

Corey nahm einen langen Schluck von seinem Bier und warf die leere Flasche in einen Papierkorb hinter Coop. „Nun gut, mehr für mich." Er ging quer durch den Raum und Coop sah zu, wie er vom Kreis der Frauen verschluckt wurde.

Was war los mit ihm? Corey hatte recht. Es gab keinen Grund, wie ein Mauerblümchen hier herumzustehen und Natalie den ganzen Abend zu beobachten. Brody wäre es egal, ob er den Abend damit verbrachte, mit anderen Frauen zu flirten oder zu tanzen – verdammt, er würde sich wahrscheinlich darüber freuen. Es wäre ein Beweis, dass zwischen ihm und Natalie nichts lief.

Was war also sein Problem?

Das Lied endete und Coop sah zu, wie zwei Männer sich

beinahe in die Haare darüber bekamen, wer als nächstes mit Natalie tanzen würde.

Genug!

Er stieß sich von der Wand ab, ließ seinen leeren Becher und Brodys halbausgetrunkenes Bier in den Müll fallen – er war ja kein Flaschenhalter – und schritt in die Mitte der Tanzfläche.

Natalie sprang überrascht auf, als sie ihn sah, und brachte ihren Partner somit zum Stolpern. Als er sich aufrichtete, starrte er Coop an.

„Was dagegen, wenn ich übernehme?", fragte Coop.

„Nun, ja, ich …"

Coop ignorierte ihn und nahm Natalie in seine Arme und wirbelte sie weg. „Ich habe Evan Brown nie gemocht. Er war mir immer zu großspurig."

Natalie sah weg, ein sicheres Zeichen, dass sie immer noch wütend auf ihn war. „Er ist in Ordnung. Er erzählte mir alles darüber, wie er das Versicherungsgeschäft seines Vaters übernehmen wird."

„Ich bin sicher, das war eine sehr aufregende Unterhaltung", sagte Coop. „Es tut mir leid, dass ich es unterbrochen habe."

Sie sah ihn an und seufzte dann und er konnte fühlen, wie sie sich in seinen Armen entspannte. „Es ist in Ordnung. Ich hatte wirklich gehofft, du würdest kommen und mich retten. Auch wenn ich vorhin wütend davongestürmt bin."

„Du siehst nicht wie eine Frau aus, die gerettet werden muss." Er schaffte es geschickt, nicht mit einem anderen Paar zu kollidieren. „Du bist eigentlich eher die Ballkönigin – sehr zu Marys Ärger, vermute ich. Ich habe dich ein paar Mal mit Connor tanzen sehen."

„Oh, also hast du verfolgt, mit wem ich getanzt habe? Du bist so lange weggeblieben – wieder meine Schuld, ich weiß – ich dachte, es wäre dir ganz egal.

Coop spürte, wie sich sein Magen zusammenzog. Er hatte nicht vorgehabt, sie zu verletzen. Er musste nur sicherstellen, dass sie verstand, was auf dem Spiel stand. Er ließ sie sanft los und sah auf sie hinab. „Kein Kerl kann heute Abend den Blick von dir nehmen." Er zog sie fest an sich.

„Dich mit eingeschlossen?"

Er gluckste. „Mich mit eingeschlossen."

Sie schmiegte sich enger an seine Brust und schob zögernd ihre Hand unter den Kragen seines Hemdes, damit sie ihre Finger über sein Schlüsselbein gleiten lassen konnte. Er holte tief Luft und wusste, dass sie ihn wieder auf die Probe stellte. Sehen wollte, wie sehr er dazu entschlossen war, die Dinge zwischen ihnen platonisch zu halten, wie er es zuvor angedeutet hatte.

Vielleicht war er es nicht, denn als er sie in seinen Armen hielt, konnte er nicht widerstehen – seine Hand glitt von ihrer Taille bis zu ihrem Rücken und blieb gefährlich nahe bei ihrem Hintern liegt.

Sie seufzte und fasste offensichtlich seine Berührung als ein ermutigendes Zeichen auf, weil sie geschickt seinen obersten Knopf öffnete und ihre Hand hineingleiten ließ, um seine Brust zu streicheln. Ihre sanften Liebkosungen entzündeten ein Feuer in seiner Lendengegend und er biss sich auf die Lippe, um nicht vor der herrlichen Qual zu stöhnen.

Er senkte seine Wange auf ihren Kopf und schloss seine Augen.

Was sollte er mit ihr machen? Sie ging ihm definitiv unter die Haut – und auch unter sein Hemd – und beeinträchtigte seine Fähigkeit, rational zu denken. Er hatte Brody versprochen, dass er sie gesund und munter nach Hause bringen würde. Aber bedeutete das, dass er ihr keinen Gutenachtkuss geben konnte?

Es könnte nur ein Kuss sein, nicht mehr.

Er fühlte ein Klopfen an seiner Schulter und wollte gerade den Störenfried anschnauzen, damit er sie in Ruhe ließ, als er bemerkte, dass es Brody war und gar nicht glücklich aussah.

„Ich denke, ich sollte heute Abend mindestens einmal mit

meiner Schwester tanzen", sagte er und stellte sich zwischen Coop und Natalie.

Coop nickte und kehrte zu seiner Position an der Wand zurück. Durch die körperliche Entfernung zu Natalie kam er wieder zu sich. Er konnte sie nicht küssen. Verdammt, nach dem, was auf der Tanzfläche vorgefallen war, vor den Augen aller, einschließlich Brody, sollte er sich ihr nicht mehr als drei Meter nähern!

„Freut mich zu sehen, dass du und Brody immer noch da seid", sagte Will.

Coop sah seinen Freund an. „Da ist nichts."

„Und doch stehst du hier, wo du fast den ganzen Abend gestanden bist. Allein. Und beobachtest nur sie."

„Hör auf damit!" Er war nicht in der Stimmung für Wills verzerrte Wahrnehmung, selbst wenn er genau richtig lag.

„Du hättest mit rüberkommen sollen, Coop." Corey eilte zurück. „Siehst du die Blondine da drüben? Sie steht auf dich."

Coop schaute in die Richtung, in die Corey zeigte. Eine attraktive Frau mit langen, lockigen blonden Haaren winkte ihm zu. Er hob seine Hand als Antwort.

„Aber schau, es ist alles gut. Sie bleiben im Western Hotel und sie haben uns nach der Party zu sich eingeladen", sagte Corey.

„Uns alle?", fragte Will.

„Ja, dich und Brody auch."

„Brody was?", fragte Brody, als er auf sie zukam. „Hey, was hast du mit meinem Bier gemacht?" Er sah Coop an, der mit den Schultern zuckte.

„Marys Freundinnen aus der Schwesternschaft wollen die Party fortsetzen, wenn das hier vorbei ist", sagte Corey.

„Na, das ist aber gutnachbarlich von ihnen." Brody sprach gedehnt mit seinem südlichen Akzent und grinste.

„Ich denke, es liegt in unserer Verantwortung, ihnen die Gastfreundschaft von Playbook-Springs zu zeigen, da sie doch hier Gäste sind, nicht wahr, Coop?" Will grinste.

Coop warf ihm einen tödlichen Blick zu. „Ich muss Natalie nach Hause bringen."

„Du könntest danach kommen", beharrte Will.

„Sicher, setz sie einfach ab und komm zurück in die Stadt", sagte Brody. „Es ist ja nicht so, als müsste einer von uns früh aufstehen, um morgen zur Arbeit zu gehen."

„Der Heimwerkermarkt hat zwar nicht offen, aber das bedeutet nicht, dass ich keine Arbeit zu erledigen habe. Da ist Inventar und …"

„Hörst du dir selbst zu?", warf Brody ein. „Du hörst dich an wie die alte Mrs. Scott von der Sonntagsschule." Er kam hinter Coop her und massierte grob seine Schultern. „Du musst dich entspannen und Spaß haben, Mann. Arbeit ohne Spaß macht Coop zu einem langweiligen Jungen."

Coop schüttelte ihn ab. „Wir schauen mal."

„*Wir schauen mal*? Das ist das Beste, was du drauf hast? Was soll ich den Mädchen sagen?", sagte Corey.

„Er wird da sein", sagte Brody und schlug Coop auf den Arm. „Er mag es, so zu tun, als sei er schwer zu bekommen. Frag Jenna." Für die anderen sollte es als ein gutmütiges Necken rüberkommen, aber Coop konnte die verschleierte Drohung in dem spöttischen Ton seines Freundes hören.

Corey und Will johlten als Antwort, aber die weitere Diskussion wurde unterbrochen, weil Mary und Connor um Ruhe baten, damit sie die Gewinner der verschiedenen Geldbeschaffungswettbewerbe bekannt geben konnten, die den ganzen Abend stattfanden. Coop musterte den Raum und sah Natalie in der Mitte einer Gruppe junger Männer stehen. War klar. Der Abend neigte sich dem Ende zu und sie dachten wahrscheinlich beide, dass sie eine Chance hätten, sie nach Hause zu bringen.

„Verflixt!", sagte Will, nachdem das Gewinnticket in der 50-50-Auslosung aufgerufen wurde. Er hielt einen Kartenstreifen hoch, der fast genauso groß war wie er. „Ich war mir sicher, dass ich gewinnen würde."

„Das ist okay", sagte Brody. „Ich wurde betrogen, als ich die Anzahl der Jelly Beans im Glas erraten sollte. Connor hat mir gesagt, es seien 675."

„Connor hat es dir gesagt?", fragte Corey. „Das ist so falsch."

„Ist jetzt auch egal. Er hat mir die falsche Reihenfolge gesagt. Die tatsächliche Zahl war 576! Wir wollten den Gewinn teilen."

„Nun, meine Herren", sagte Will. „Ich denke, es ist an der Zeit, dass wir diese Party in das Western Hotel verlegen. Ich hole meinen Wagen und treffe euch dann vorne." Er sah Coop an. „Sehen wir uns dort?"

Coop zuckte mit den Achseln. „Vielleicht."

Will schenkte ihm ein mitleidiges Lächeln, bevor er sich umdrehte und ging.

Coop sah Brody und Corey schnell an, aber sie waren bereits zu Marys Freundinnen aus der Schwesternschaft gegangen. Coop seufzte. Will war viel zu aufmerksam. Er wusste, dass Natalie der Grund für Coops Zögern war. Selbst wenn nichts passierte – und es würde nichts passieren –, war er nicht daran interessiert, den Rest des Abends mit anderen Frauen zu flirten und zu tanzen, trotz Brodys nicht so subtiler Warnung. Er sah zu der Blondine hinüber, die enttäuscht wirkte, als Corey ihr erklärte, dass Coop nicht mit ihnen gehen würde. Es war ja auch Schade. Ein anderes Mal und er wäre der Erste gewesen, der sich am Spaß beteiligt hätte.

Er suchte die Sporthalle nach Natalie ab.

„Da bist du ja", Jenna erschien an seiner Seite. „Ich hatte gehofft, du könntest mich nach Hause fahren."

„Ich nehme Natalie mit nach Hause, das weißt du."

„Bist du sicher?" Jenna neigte ihren Kopf nach links und er sah Marias Cousin Alan, der ihr mit ihrem Mantel half. „Ich denke, sie hat dafür jemand anderen gefunden."

Was zum Teufel? „Nein, ich bringe sie nach Hause", sagte Coop und ging dann auf sie zu.

„Da bist du ja. Ich dachte, du hättest mich abserviert." Natalies anfängliches Grinsen schwand, als sie den finsteren Blick auf seinem Gesicht sah.

„Bist du bereit zu gehen?", fragte er.

„Sicher. Danke, Alan. Komm mal im Laden vorbei, dann können wir weiterreden. Hey …" Sie zog ihren Arm weg, als Coop versuchte, sie wegzuziehen. „Was ist in dich gefahren?"

„Nichts. Ich will einfach nur gehen." Er war kindisch. Er würde es dabei belassen. Wenn er seine Gefühle zu genau untersuchte, könnte er herausfinden, dass er eifersüchtig war. Aber das war lächerlich. Er atmete tief durch. „Oder würdest du lieber, dass Alan dich nach Hause fährt?"

„Wovon sprichst du? Alan hat mir nur meinen Mantel geholt. Er hat mir nicht angeboten, mich nach Hause zu bringen. In Wahrheit würde er wahrscheinlich lieber *dich* nach Hause bringen."

Coop blieb stehen und starrte auf sie hinunter. Dann fing er an zu lachen. Natalie schloss sich schnell an. „Es tut mir leid", sagte er. „Es war ein langer Tag."

„Vielleicht, aber es war eine wundervolle Nacht", sagte sie und lächelte ihn an. „Ich habe mich toll amüsiert, Coop. Vielen Dank."

***

Natalie lehnte sich auf dem Beifahrersitz von Coops Truck zurück. Ihre Heimkehr war nicht so schwierig gewesen, wie sie befürchtet hatte. Vielleicht war es wahr, was man sagte, dass alle gleich waren, wenn sie aus der High School raus waren. Jedenfalls war sie nicht geächtet worden und niemand hatte abfällige Bemerkungen über das spektakuläre Ende ihrer Beziehung mit Rob oder ihre Schwangerschaft gemacht – nun, zumindest nicht, dass es ihr aufgefallen wäre. Sie wäre nicht überrascht gewesen, wenn Jenna versucht hätte, etwas Negatives zu schüren, aber es war offensichtlich, dass sie nicht mehr den gleichen Einfluss auf die Einstellung ihrer ehemaligen Klassenkameraden hatte wie noch vor vielen Jahren.

Leider hatte ihr Plan, Coop zu verführen, nicht geklappt. Sie sah zu ihm hinüber, unsicher, was sie tun sollte. *Und man denkt, Frauen seien schwer zu verstehen.*

Natalie war noch nicht bereit aufzugeben. Sie wollte Coop auf eine Art und Weise haben, wie sie schon lange keinen Mann mehr gewollt hatte. Vielleicht stellte sie sich auf weitere Ablehnung ein, aber das war ein Risiko, zu dem sie bereit war.

Sie hatte gehört, was Coop gesagt hatte, dass er keinen beiläufigen Sex haben wollte, aber Natalie konnte spüren, dass das viel mehr mit seiner Freundschaft zu ihrem Bruder zu tun hatte, als er bereit war zuzugeben. Sie wusste, dass er sie wollte. Es hatte nicht viel gebraucht, um während ihres Tanzes vorhin zu ihm vorzudringen. Wieder musste ihm nur versichert werden, dass er das Ding mit der Ehrenhaftigkeit nicht mit ihr durchziehen musste. Sie war nicht verletzlich. Es war das, was sie auch wollte.

Aber wenn etwas passieren sollte, musste sie einen Weg finden, Coop davon abzuhalten, sie direkt nach Hause zu bringen.

„Können wir zurück durch die Stadt fahren?", fragte Natalie. „Ich habe über die Vorderseite des Geschenkeladens nachgedacht und würde es gerne sehen, nur um meine Idee zu bestätigen."

Coop sah zu ihr rüber. „Du weißt, dass wir an der Fassade nichts ändern können, oder? Nicht einmal die Farbe."

„Weiß ich. Halt mich bei Laune, okay?"

Er nickte und bog in eine Seitenstraße ein, die sie auf die Hauptstraße bringen würde. Er verlangsamte, als sie sich dem Laden näherten. „Was denkst du? Hallo! Was zum Teufel?" Er fuhr mit dem Wagen in die Gasse, dicht an den Laden heran und parkte hinter ihm.

„Was ist los?", fragte Natalie.

„Ich habe drin ein Licht gesehen. Es ist wahrscheinlich nichts. Es war noch Tag, als ich heute Nachmittag gegangen bin, also habe ich wahrscheinlich vergessen, es abzuschalten, aber ich denke, ich sollte besser nachsehen, dass es keine Kinder sind, die herumalbern." Er öffnete die Autotür und ging raus.

Natalie zog am Griff und stieß ihre Tür auf.

„Was machst du?", fragte Coop.

„Nun, ich werde hier nicht sitzen bleiben und frieren. Ich komme mit dir."

„Warte wenigstens, bis ich sicher bin, dass alles in Ordnung ist."

Natalie hängte ihre Beine aus dem Truck und beobachtete, wie Coop aufschloss und in den Laden ging. „Vergiss das", murmelte sie vor sich hin und sprang runter, um ihm zu folgen.

Der Laden wurde plötzlich von Licht durchflutet und sie konnte Coop rufen hören, um zu sehen, ob jemand da war. Natalie lächelte für sich. Sie war definitiv in Playbook Springs. Wenn das Hollywood gewesen wäre, würden die Polizei gerufen und Waffen gezogen werden. Hier nahm Coop lediglich an, dass es Teenager waren.

„Ich dachte, ich hätte dir gesagt, du sollst im Truck warten?" Coop stolzierte den Flur auf sie zu.

„Mir war kalt."

„Warte im Büro, okay? Ich möchte überprüfen, ob alles da ist, wo es sein sollte."

„Hast du kein Sicherheitssystem?", rief sie ihm nach, als er wegging.

„Ich vergesse manchmal, es einzuschalten", gestand er.

Nein, du bist definitiv nicht mehr in Hollywood.

Natalie drehte sich in Richtung Büro und hielt dann inne. Ein Handwerkerladen? Es mag ein bisschen klischeehaft sein, aber … Sie grinste. Jetzt oder nie! Coop würde nie wissen, was mit ihm geschah. Schnell nahm sie ein paar Sachen aus den Regalen und ging ins Büro, um dort auf Coop zu warten.

KAPITEL 10

„Bist du bereit zu gehen, Natalie?" Coop stieß die Tür zum Büro auf und blieb auf der Schwelle stehen, überwältigt von dem, was er sah.

Natalie saß auf der Kante seines Schreibtischs, ihre Beine sinnlich gekreuzt, als sie ihn unter den Augen mit schweren Lidern anstarrte. Er schluckte schwer. Sie hatte einen gelben Schutzhelm, eine Warnweste und einen Werkzeuggürtel angezogen, der tief in die Hüften gestoßen war. Als sie vom Tisch hüpfte, sah er auf ihre Füße und sah, dass sie ein Paar Stahlkappenstiefel trug. Sie war die heißeste Arbeiterin, die er je gesehen hatte.

Als sie näher trat, öffnete sich die Sicherheitsweste und enthüllte einen pinkfarbenen Spitzen-BH. Coop schluckte schwer und versuchte nachzudenken. Das war definitiv nicht gut. Nun, das war nicht wahr. Es war spektakulär. *Sie* war spektakulär. Aber es war nicht gut für seine Entschlossenheit, das Richtige zu tun und die Dinge platonisch zu halten. „Äh, Natalie … Was geht hier vor?"

„Das siehst du nicht?" Sie blieb ein paar Zentimeter vor ihm stehen.

Er trat zurück und stolperte über ihren Pullover, den sie auf den Boden geschmissen hatte. „Ich dachte, ich hätte meinen Standpunkt, ähm, schon erklärt."

Sie ging näher heran. „Ich habe dich verstanden. Aber deine Worte und deine Handlungen stimmen nicht überein. Wir beide wollen das. Es gibt keinen Grund, warum wir nicht …"

„Brod …"

„Nein! Das ist zwischen dir und mir. Ich bin ein großes Mädchen und ich werde entscheiden, was ich will und was nicht."

„Habe ich gar kein Mitspracherecht?"

Zum ersten Mal, seit er das Zimmer betreten hatte, wirkte sie unsicher, und diese Verletzlichkeit ließ ihn mehr verlangen. Er wollte alle Selbstzweifel beseitigen, die der Bastard Rob DeMarco ihr eingepflanzt hatte.

Sie bückte sich und hob ihren Pullover auf. „Es tut mir leid. Ich dachte … Nun, es macht nichts." Sie drehte sich um und begann, ihre Weste abzulegen.

Coop legte seine Hände auf ihre Schultern, um sie aufzuhalten. Langsam drehte er sie um. „Du liegst nicht falsch", sagte er. „Ich versuche hier das Richtige zu tun und du machst es mir nicht leicht. Dich vor ein paar Tagen neulich im Stall zurückzulassen, war eines der schwierigsten Dinge, die ich je gemacht habe. Und heute Nacht …"

Der hoffnungsvolle Blick in ihren Augen ließ seinen Schwanz stärker gegen seine Jeans drücken. Er war jetzt tief drin. „Aber Brody ist mein bester Freund."

„Ich möchte dich nicht zwingen, dich zwischen uns zu entscheiden", sagte sie.

„Willst du nicht?"

„Er muss es nicht wissen."

Coop steckte eine wilde Haarsträhne hinter ihr Ohr. „Das wird er aber."

Natalie griff nach seinem Gesicht. „Du bist wirklich einer der Guten, nicht wahr, Danny Cooper?"

„Warum hörst du dich so überrascht an?" Er versuchte, seine Augen auf ihr Gesicht zu richten, aber sein Blick glitt immer tiefer in ihr Dekolletée und ihre knospenartigen Brustwarzen pressten sich durch den rosafarbigen Spitzenstoff.

„Ich schätze, das bin ich. Ich hatte in letzter Zeit nicht viel Glück bei der Suche nach Jungs. Es ist beruhigend zu wissen, dass der Typ, von dem ich seit Jahren fantasiere, einer der Guten ist."

„Du träumst *seit Jahren* von mir?" Er kämpfte gegen den Drang an, mit einem Finger unter die Büstenhalterkante zu gleiten und ihre seidige Haut zu streicheln.

Sie kicherte. „Ich bin in dich verknallt, seit ich acht bin. Als ich ein Teenager war, dachte ich immer an dich, wenn ich mich selbst berührte."

Spannung durchzuckte ihn und er starrte sie an, erotische Bilder von ihrem Vergnügen brachten ihn fast zum Höhepunkt. „Und was ist jetzt?" Seine Stimme war so stark, dass er sie kaum wiedererkannte.

„Ich denke immer an dich, wenn ich mich selbst anfasse."

Er stöhnte, als er sich vorstellte, wie sie sich selbst befriedigte und dabei an ihn dachte, und zog sie in seine Arme. Dies war so viel mehr als die Befriedigung körperlicher Bedürfnisse der beiden. Es war so viel mehr als bloß ein Beschützerinstinkt oder Geilheit.

Sie wollte ihn *seit Jahren* und er wollte sie unbedingt: ihren Verstand, ihren Körper und die Seele. Er wollte sie schon, seit sie in die Stadt zurückgekehrt war.

Vielleicht war Natalie nicht die Einzige, die sich das holen konnte, was sie wollte. Vielleicht war es an der Zeit, dass Coop aufhörte, an Brody zu denken und daran, dass Natalie weggehen und er mit ihr gehen könnte. Vielleicht sollte er anfangen darüber nachzudenken, was *sie* wollten, er und Natalie, und dass Natalie womöglich auch bleiben würde, wenn es ihr wichtig genug wäre.

Ja. Warum nicht so mutig sein wie die Frau vor ihm? Warum nicht daran glauben, dass sie mehr haben könnten? Natalie dachte, sie könne einfach Sex mit ihm haben, um anschließend ihr Baby zu nehmen und zu gehen, aber verdammt, Coop hatte nicht viel getan, um ihr einen Grund zum Bleiben zu geben, oder? Nun, er war dabei.

Er hörte ein kleines Wimmern, als sein Mund hart und hungrig auf ihren stürzte. Sie schlang ihre Arme um seinen Hals und drückte sich an ihn, erwiderte seinen Kuss mit gleicher Leidenschaft.

Seine Hände glitten unter die Weste und er schob sie von ihren Schultern. Sie zuckte ungeduldig mit den Schultern und er brachte seine Hände nach vorne und bedeckte mit ihnen ihre Brüste. Seine Daumen spielten an ihren Nippeln und sie wand sich und stieß ihre Hüften auf ihn zu.

„Berühr mich", stöhnte sie gegen seinen Mund.

Coop zog Küsse über ihre Wange zu ihrem Schlüsselbein, dann über ihre weiche Haut hinunter, um eine Brust durch den Spitzenstoff zu saugen.

„Haut", keuchte sie und versuchte mit ihrer Hand herum zu greifen, um ihren BH aufzumachen.

Coop hielt sie auf. „Noch nicht", flüsterte er und lächelte über ihr ungeduldiges Knurren. Zu wissen, wie sehr sie ihn wollte, ließ ihn die Ekstase so lange wie möglich verlängern wollen.

Er kehrte zu ihren Brüsten zurück und zerrte mit seinen Zähnen an ihrer Knospe, zuerst die eine Seite und dann die andere. Sie wand sich unter ihm und presste seinen Kopf fester gegen ihren Körper.

Coop senkte seine Hände auf ihre Hüften. Der Werkzeuggürtel war heiß, aber er musste weg. Er öffnete ihn und hörte ein metallisches Klingeln, als es auf den Boden fiel. Was hatte sie dort drin? Der Gedanke war flüchtig und sofort vergessen, als seine Hände ihre Schenkel streichelten und sich unter ihrem Rock hocharbeiteten.

„Ich bin überrascht, dass du den anbehalten hast", murmelte er.

„Du scheinst ihn so sehr zu mögen, dass ich dachte, du würdest ihn mir auch gerne ausziehen wollen."

Sein Schwanz pochte gegen seine Jeans, als er daran dachte, wie er ihr über den Oberschenkel hochgerutscht war, als sie zu Beginn des Abends aus seinem Wagen gestiegen war. Er hob seinen Kopf und umfasste ihren Po. Seine Finger gruben sich in ihr weiches Fleisch, als er sie vom Boden hob. Sie schlang ihre Beine um ihn, während er sie zurückführte und sie auf seinen Schreibtisch legte.

Das Luder nutzte seine Ablenkung aus, um ihren BH abzulegen, und sie wedelte mit ihm triumphierend vor seinem Gesicht. Er starrte auf die rosigen Brustwarzen und die cremefarbenen Brüste. Sie war großartig. Er bückte sich und leckte beide nacheinander.

„Viel besser", schnurrte sie und fuhr sich mit den Fingern durch die Haare. Er musste zustimmen.

„Nun zu diesem Rock." Er machte den Reißverschluss auf und sie hüpfte vom Schreibtisch, damit er auf den Boden fiel. Ihr Höschen war pink, so wie der BH, und er konnte sehen, dass es schon feucht war.

Er sprang überrascht auf, als sie ihre Hand an seiner Jeans rieb. „Du siehst sehr unbehaglich aus." Sie fummelte kurz an dem Knopf und jede Berührung ihrer Hand ließ seine Nerven in schmerzenden Genuss übergehen. Dann öffnete sie seine Jeans und befreite seinen Schwanz.

Natalie ließ sich auf die Knie sinken. Sie hielt seinen Schaft, als sie ihren Kopf senkte und sanft die Spitze küsste.

„Natalie?" Coop konnte kaum atmen. „Bist du sicher?"

„Pssst, lass mich meine Fantasie haben." Dann nahm sie ihn in den Mund.

Coop beugte sich vor, um sich an die Kante des Schreibtisches zu krallen, während sie mit ihrer Zunge, ihren Zähnen und Händen mit Magie arbeitete. Er war so nah dran … so nah.

Er beruhigte ihre Hände und ihren Kopf. „Ich bin dran", sagte er, als sie enttäuscht zu ihm aufsah.

Sie schüttelte den Kopf. „Das ist *meine* Fantasie. Du kannst nächstes Mal deine haben." Sie stand auf, knöpfte langsam sein Hemd auf und strich mit ihren Händen über seine nackte Brust und seinen Bauch, nachdem sie es entfernt hatte. Coops Mund wurde trocken, als sie ihm den Rücken zukehrte, sich vorbeugte und aus ihrem Slip schlüpfte. Sie kroch zurück auf den Schreibtisch und legte sich hin. „Ich will dich, Coop. Bitte."

Er schluckte schwer. Wie konnte er sich dagegen sträuben? Er griff um seinen Schreibtisch herum, um eine Schublade zu öffnen, in der er Kondome aufbewahrte – nicht, dass er vorher in diesem Büro Sex gehabt hätte; er bewahrte sie nur dort auf. Nur für den Fall … Und er war noch nie so dankbar für seine Planung „nur für den Fall".

„Du weißt, dass ich nicht schwanger werden kann, oder?", scherzte sie, als sie das kleine quadratische Paket sah, das er öffnete.

„Es ist nicht nur wegen der Schwangerschaft."

„Natürlich." Sie stützte sich auf einen Ellbogen. Coop konnte die sanfte Dünung ihres Bauches sehen, als sie zu ihm aufblickte. „Als ich schwanger wurde, hat die Klinik alle möglichen Tests bei mir gemacht. Und da Rob sich geweigert hat, in meine Nähe zu kommen, seit ich ihm von dem Baby erzählt hatte, bin ich ziemlich sicher, dass ich sauber bin."

Coops Herz verkrampfte sich bei ihrem Eingeständnis über den Zustand ihrer Beziehung zum Vater ihres Babys. Er wünschte, er könnte Natalie die gleichen Zusicherungen geben, aber er konnte es nicht. Noch nicht. „Ich bin vorsichtig. Ich mache es nie ohne. Aber Dinge passieren. Ich lasse mich so schnell wie möglich testen. Aber bis dahin …" Er hielt ein Kondom hoch.

Sie nahm es von ihm und setzte sich hin.

„Ist das auch ein Teil deiner Fantasie?", fragte er.

„Jetzt ist es das." Sie stülpte es ihm gekonnt über und lehnte sich zurück.

Coop stellte sich zwischen ihre gespreizten Beine und positionierte sich, um in sie einzudringen. Seine Augen trafen ihre und er stupste sie langsam an, zuerst Stück für Stück, um sie nicht zu verletzen. Es waren süße Qualen, als er ihn rauszog und dann wieder in sie eindrang, diesmal tiefer.

Der Ausdruck auf ihrem Gesicht war pure Freude, rein und einfach, und es fühlte sich wundervoll an zu wissen, dass er dafür verantwortlich war. Als er ein drittes Mal in sie eindrang, schlang sie ihre Beine um seine Hüften und zog ihn hart und schnell hinein. Sie holten beide nach den Empfindungen aus und begannen sich in einem immer stärker werdenden leidenschaftlichen Tanz gegeneinander zu bewegen.

Coop war sich nicht sicher, wie lange er es noch aushalten konnte, aber er hielt inne und wollte sicherstellen, dass Natalie vollkommen zufrieden war, bevor er seinem eigenen Genuss nachging. Er fühlte, wie sie sich versteifte und dann aufschrie, als Krämpfe ihren Körper zerrissen. Noch ein Stoß und er war auch soweit.

Sie klammerten sich aneinander, bis ihre Körper sich beruhigt hatten und ihr Atem sich normalisiert hatte. Coop glitt aus Natalie heraus, hob sie dann hoch und trug sie auf die Couch auf der anderen Seite des Raumes. Er legte sich hin und zog sie auf sich.

Sie streckte die Hand aus und strich mit einem Finger über seine Wange. Ihre Augen waren hell und sie schien zu leuchten. Ihre Haare waren durcheinander und Coop liebte es, dass er dafür verantwortlich war.

„Also, wie sieht es aus im Vergleich zu deiner Fantasie?", fragte er.

„Hmmm, nicht schlecht", sagte sie und grinste ihn an.

„Nicht schlecht?" Er hatte sich immer für einen ziemlich guten Liebhaber gehalten. Es schmerzte mehr als er zugeben wollte, dass sie das nicht fand.

„Okay, es war ziemlich spektakulär", räumte sie ein und küsste ihn. „Definitiv fantasiereich."

Coop schloss erleichtert die Augen.

„Aber ..."

Seine Augen flogen auf. „Aber?"

„Nun, ich habe viele Jahre fantasiert, weißt du." Sie rieb ihren Daumen über seine Unterlippe. „Es dürfte mehr von der echten Sache brauchen, um es richtig beurteilen zu können."

Coop fühlte, wie sein Schwanz wieder hart wurde. „Nun, Ma'am, hier in Playbook Springs ist es unser Ziel, die Menschen zufriedenzustellen."

KAPITEL 11

Natalie streckte sich und schwelgte in zärtlichen Schmerzen ihrer Ermüdung. Das Liebesspiel mit Coop war alles, wovon sie geträumt hatte – und mehr. Er war sanft und geduldig und leidenschaftlich. Es war falsch, Liebhaber zu vergleichen, aber wie konnte sie das nicht? Rob war ein Nehmer und gab nur, um etwas zurückzubekommen. Coop gab ihr das Gefühl, als wäre es das einzig Wichtige auf der Welt, mit ihr zusammen zu sein.

Ihr Blick wanderte durch das leere Büro, bis sie die Uhr an der Wand sah. *Sieben Uhr fünf.* Sie schloss ihre Augen. Es war immer noch so früh, dass sie nicht hetzen musste. Sie zog die Decke, die Coop letzte Nacht aus dem Ladenregal genommen hatte, näher an sich heran und kuschelte sich tiefer in die Kissen, die sie von der Bürocouch genommen hatten, um ein Bett auf dem Boden zu errichten.

Wo war Coop? Sie hoffte, er wäre was zu Essen holen gegangen. Sie war am Verhungern.

Sie legte ihre Hand auf ihren Bauch und fühlte den Trost des kleinen Lebens, das in ihr wuchs. Sie hatte so Angst davor gehabt, nach Hause zu kommen und in Playbook Springs ihre Schwangerschaft zu ertragen, aber die Dinge hätten nicht besser laufen können. Ihre öffentliche Erniedrigung schien hier auf keine große Resonanz zu stoßen, und ihre High-School-Peiniger hatten ihren Einfluss auf ihre Kollegen verloren. Sie hatte es geschafft, auf der Ranch Frieden zu finden, ihr Verhältnis zu Lucille zu entspannen und vielleicht sogar den Beginn wahrer Freundschaften zu finden. Es gefiel ihr, dass das ihren Vater glücklich machte.

Und Coop? Sie konnte das Grinsen nicht aus dem Gesicht bekommen, das jedes Mal kam, wenn sie an ihn dachte. Das sollte nur ein Flirt sein – ohne Verpflichtungen. Aber es war mehr als das. Sie konnte sehen, dass ihm wirklich etwas an ihr lag; er war nicht die Art von Mann, der Dinge sagte und tat, die er nicht meinte. Sie sollte erschrocken sein. Stattdessen fühlte sie sich glücklich, albern glücklich. Und hoffnungsvoll.

Die Tür schwang auf und Natalie wehte das robuste Aroma von Shirley's Brew & Chew Kaffee in die Nase. „Oh yay!" Sie setzte sich aufrecht hin und nahm den angebotenen Kaffee. Natalie trank einen Schluck Kaffee und bemerkte Coops grimmigen Gesichtsausdruck. „Was ist los mit dir?"

Coop legte eine fettige Papiertüte auf die Couch und warf ihr die Handtasche zu. „Wir haben letzte Nacht unsere Telefone im Truck gelassen."

Natalie empfand Schuldgefühle. „Ich schätze, ich hätte ihnen sagen sollen, dass ich nicht nach Hause komme. Ich hoffe, sie haben sich nicht zu viele Sorgen gemacht."

Coop schüttelte den Kopf. „Das ist es nicht. Shirley hat mir erzählt, dass sie versucht haben, uns die ganze Nacht zu erreichen."

Ihre Schuld verwandelte sich in Ärger. Sie war fünfundzwanzig Jahre alt, um Himmels Willen. Sie war es gewohnt, allein zu leben und so ziemlich alles zu tun, was sie wollte, ohne sich bei jemandem melden zu müssen.

„Dein Vater hatte einen weiteren Schlaganfall."

Es war nicht das Wort „Schlaganfall", das durch Natalie widerhallte, es war „ein weiterer". Sie spürte ein brennendes Gefühl von heißem Kaffee, das auf ihren Schenkel tropfte, als ihre Hand unkontrolliert zitterte. Coop nahm ihr den Becher ab und stellte ihn auf den Tisch. Er setzte sich neben sie und schlang die Decke um sie. Er zog sie an sich, aber sie schob ihn weg und öffnete ihre Handtasche.

„Ich habe Brody angerufen und ihm gesagt, dass wir so schnell wie möglich dort sein werden", sagte Coop. „Sie sind im Krankenhaus in Sheridan."

Der Akku von Natalies Handy war fast leer, aber es gab noch genug her, um anzuzeigen, dass sie eine Reihe von verpassten Anrufen und SMS hatte, kurz bevor es ausging. Sie legte es zurück in ihre Handtasche. „Geht es ihm gut?", fragte sie leise.

„Ja, er wird sich wieder erholen. Brody sagt, dass sie ihn zur Beobachtung dabehalten werden, aber dann kommt er wieder nach Hause und wird so gut wie neu sein." Coop bemühte sich, optimistisch zu klingen.

Sie blickte zu ihm auf. „Nur, dass er das nicht sein wird, oder? So gut wie neu, meine ich."

Er seufzte. „Nein, ich glaube nicht."

„Und das ist schon mal passiert?" Der Schock ließ nach und die weißglühende Wut blubberte unter der Oberfläche ihrer Emotionen.

Coop schluckte schwer und senkte den Blick auf seine Hände. „Vor ein paar Jahren."

„Deshalb hat Brody die Ranch übernommen?"

Er nickte, immer noch nicht bereit, sie anzusehen.

„Und niemand fand, dass ich darüber Bescheid wissen sollte?" Jetzt zeigte sich ihre Wut in Form von Tränen und das frustrierte sie einfach nur. Sie war nicht verletzt, weil sie es ihr nicht gesagt hatten, sie war sauer. Es war ein weiteres Beispiel dafür, wie entfremdet sie von ihrer Familie war.

„Ich glaube, sie wollten nicht, dass du dir Sorgen machst. Es war ziemlich unbedeutend und wirklich, es gab nichts, was du hättest tun können." Coop streckte die Hand nach ihr aus, aber sie schlug seine Hand weg.

„Ich hätte da sein können. Coop, er ist mein Vater."

„Ich weiß", sagte er leise.

Natalie wusste, wer dafür verantwortlich war. „Lucille hatte kein Recht, mir das vorzuenthalten."

„Ich glaube nicht, dass das allein ihre Entscheidung war. Ich bin mir sicher, dass dein Vater nicht wollte …"

„Du machst die Dinge nicht besser", fuhr sie ihn schnippisch an und er sagte zum Glück nichts mehr.

Was hast du heute Nacht vor, Papa? Kommst du zur Party?

Nein, das ist für euch junge Leute. Meine Liebste sagt, ihr sei nach tanzen. Da spielt eine Band in der Legionshalle drüben in Sheridan.

Das war auch *ihre* Schuld. Lucille hätte nicht darauf bestehen dürfen, dass ihr Vater sie zum Tanzen ausführte, wenn er zu Schlaganfällen neigte. Was dachte sich diese Frau? Offensichtlich dachte sie nur an sich selbst.

Natalie peitschte die Decke weg und begann, nach ihren Klamotten zu suchen. Coop stand auf und half, suchte und reichte ihr jedes Teil, während sie sich anzog. Als sie fertig war, reichte er ihr den Kaffee und ihre Handtasche.

„Lass uns gehen", sagte er und nahm die Tasche von der Couch. „Wir können unterwegs essen."

„Was ist mit deinem Laden?"

Er zuckte mit den Schultern. „Wir lassen ihn heute eben zu." Er hielt ihr die Tür auf, um ihr aus dem Büro zu folgen. Sie wartete, während er ein Schild mit der Aufschrift „Geschlossen wegen Familiennotfall" schrieb und es ins Fenster schob, dann beobachtete sie, wie er den Alarm einschaltete, bevor er zu seinem Truck ging.

„Wo ist er?", rief Natalie durchs Wartezimmer Brody zu.

„Hey, mach mal Halblang, Sprite." Brody stand auf und kam auf sie zu. „Es wird ihm wieder gutgehen."

Natalie spürte Tränen hinter ihren Augenlidern aufquellen und biss sich in die Wange, um sie aufzuhalten. „Diesmal vielleicht. Aber was ist mit dem nächsten Mal?" Sie drückte ihre Hände gegen Brodys Brust, als er versuchte, sie in eine Umarmung zu ziehen. „Und was ist mit dem letzten Mal? Warum hat mir das niemand gesagt?"

Brody trat zurück und fuhr mit seinen Händen durch sein Haar. Er blickte über ihre Schulter und runzelte die Stirn.

„Hey, Mann, ich bin für alles da, was du brauchst", sagte Coop.

Brody schüttelte angewidert den Kopf und wandte sich wieder an Natalie. Ein gequälter Ausdruck verzerrte seine Gesichtszüge, als er sie anstarrte, ohne zu merken, dass sie das gleiche Outfit trug wie am Vorabend.

Krass! Es war ihr egal, was er dachte.

„Ich will ihn sehen", sagte Natalie.

"Lucille ist gerade da drin. Es darf nur jeweils ein Familienmitglied rein."

Natalie widerstand dem Drang, trotzdem reinzugehen. Soweit es sie betraf, hatte Lucille ihr Recht verloren, an der Seite ihres Vaters zu sein. Sie ließ sich auf das unbequeme Sofa fallen und zerrte am Saum ihres kurzen Rocks, um zu warten.

„Kann ich euch beiden irgendetwas holen?", fragte Coop besorgt und schlug mit dem Hut gegen seinen Oberschenkel.

„Nein. Du kannst abhauen", sagte Brody kurz.

„Es macht mir nichts aus zu warten", sagte Coop.

Natalie warf den beiden Männern einen Blick zu, die Angesicht zu Angesicht standen und wie ein paar Kampfhähne aufgebläht waren, die sich auf einen Kampf vorbereiteten. Ja *wirklich?* Sie machten das jetzt? Hier?

„Oh, um Himmels Willen, Brody. Beruhige dich. Er versucht nur, hilfsbereit zu sein", sagte Natalie müde.

„Wir brauchen seine Hilfe nicht", sagte Brody, drehte Coop den Rücken zu und stakste auf die andere Seite des Raumes.

Natalie lächelte Coop matt an und sagte: „Entschuldigung."

Er erwiderte mit einem traurigen Lächeln. „Ruf mich an, wenn du etwas brauchst, okay?" Er wandte sich an Brody. „Das gilt auch für dich." Er wartete darauf, dass sein Freund antwortete, aber als er das nicht tat, setzte Coop seinen Hut wieder auf seinen Kopf und ging.

„Du bist kindisch", sagte Natalie. „Er ist dein bester Freund."

„Ich will jetzt nicht über ihn reden."

Natalie sank tiefer in das Sofa, um zu warten, bis sie an der Reihe war, ihren Vater zu sehen. Sie wollte wissen, was passiert war, aber sie wollte nicht mit Brody sprechen. Sie war verärgert über sie alle, und ehrlich gesagt, auch über Coop. Er hatte von dem Schlaganfall gewusst. Verdammt, alle in Playbook Springs wussten es und doch hatte ihr niemand davon erzählt. Sie hatte zu sich selbst gesagt, dass es nicht Coops Sache war, ihr das zu erzählen, und das hatte ihm einen kleinen Strafaufschub gewährt. Aber ihre Familie? Das war eine andere Geschichte.

Sie und Coop hatten während der halbstündigen Fahrt zum Krankenhaus nicht gesprochen. Natalie war dankbar für die Stille dafür gewesen, da sie so versucht hatte, ihre Gedanken zu ordnen. Der Gedanke daran, dass sie ihr Leben noch vor einigen wenigen Stunden für perfekt gehalten hatte, schien irreal. Verdammt, sie hatte sogar begonnen, ein Gefühl der Zugehörigkeit zu entwickeln.

Nicht mehr. War es ein Wunder, dass sie es kaum erwarten konnte, aus Playbook Springs wegzukommen?

„Natalie, Gott sei Dank bist du hier. Er hat nach dir gefragt." Lucille, die zerzauster aussah, als Natalie sie je gesehen hatte, stürzte in den Warteraum.

Natalie erhob sich müde vom Sofa und schaffte es, Lucilles versuchter Umarmung auszuweichen. „In welchem Zimmer ist er?"

„Ich bringe dich hin", sagte Lucille.

„Nein, sag mir einfach die Zimmernummer." Natalie ignorierte den verletzten Blick in Lucilles Augen. Sie hatte keinerlei Mitgefühl für sie.

„Zimmer Nummer 106 – gleich auf dem Flur und auf der rechten Seite."

Sie stieß die Tür zu Zimmer 106 auf und unterdrückte ein Schluchzen. Ihr Vater lag auf einem Bett mit einer intravenösen Röhre, die an seinem Arm befestigt war, und er war von Maschinen umgeben, die in regelmäßigen Abständen blinkten und piepten. Der Tod ihrer Mutter war plötzlich und traumatisch gewesen – ein Autounfall, als sie in Salt Lake City gewesen war und von einem betrunkenen Fahrer getroffen worden war. An einem Tag war sie dort, zu Hause und am Leben, und im nächsten Augenblick war sie auf eine kurze Reise gegangen und nie wieder zurückgekommen. Trotzdem, trotz der unterschiedlichen Umstände konnte Natalie nur an eines denken: *Ich darf ihn nicht verlieren. Ich darf nicht auch noch meinen Vater verlieren.*

Perry drehte seinen Kopf zu ihr, als sie eintrat, und lächelte sie zögernd an. „Da ist ja mein Mädchen", sagte er.

Sie konnte diesmal ihre Tränen nicht aufhalten und sie rollten ihre Wangen herunter, als sie näher trat. Sie wollte sich bücken, um ihn zu küssen, aber sie wusste nicht, wo sie ihre Hände hintun konnte, also schwebte sie um das Bett herum.

„Setz dich", Perry rutschte rüber, um Platz für sie zu machen. Er streckte die Hand aus und wischte ihre Tränen weg. „Weine nicht um mich, Natty. Mir geht es gut."

„Es tut mir leid, dass ich nicht früher gekommen bin."

„Pssst, du bist ja jetzt hier. Ich habe Lucille gebeten, dich und deinen Bruder nicht damit zu belasten, aber ..." Er zuckte mit den Schultern. „Du weißt, wie dickköpfig Lucille sein kann."

„Was ist passiert?"

"Nun, Lucille und ich hatten eine Menge Spaß beim Tanzen, weißt du, als mir plötzlich ein wenig schwindelig wurde und ich mein Gleichgewicht verlor. Ich hatte Schwierigkeiten, aufzustehen; aus irgendeinem Grund wollte mein Arm nicht kooperieren." Er winkte mit dem linken Arm, um zu zeigen, dass er jetzt richtig funktionierte. „Zum Glück wusste Lucille sofort, was los war."

„Da ihr das schon einmal durchgemacht habt", sagte Natalie, unfähig, die Kritik aus ihrer Stimme herauszuhalten.

Perry warf ihr einen scharfen Blick zu, sagte aber nichts dazu. Natalie hatte gehofft, ihn zur Rede zu stellen, weil er den ersten Schlaganfall vor ihr geheim gehalten hatte, aber er sah so schwach aus, dass sie ihn nicht verärgern wollte.

„Wie auch immer, die Ärzte sagen, dass ich noch vierundzwanzig Stunden hier bleiben muss, und dann kann ich nach Hause gehen." Er streckte seine Hand nach ihr aus. Natalie lehnte sich an seine Brust und lauschte dem steten Herzschlag. Sie blieben lange Zeit so, dann sagte Perry: „Ich habe deine Mama geliebt. Ich hoffe, du hast das nie bezweifelt."

Natalie holte tief Luft und hob den Kopf, um ihren Vater anzusehen. Sie starrten einander an, und als sie nicht sprach, sagte er: „Ich weiß, wie verletzt und verwirrt du warst, dass ich Lucille so kurz nach dem Tod deiner Mutter geheiratet habe, Natalie, und es tut mir leid, dass ich nie mit dir darüber geredet habe. Ich habe mich auch schuldig gefühlt, weißt du? Ich – ich liebte deine Mutter, aber als sie weg war, als ich noch immer um sie trauerte, nun, da traf ich Lucille und irgendwie ...Sie ersetzte deine Mutter oder die Liebe nicht, die ich für deine Mutter empfand, sie machte die Tatsache jedoch erträglicher, dass ich ohne deine Mutter leben musste. Ich denke, weil ich mich schuldig fühlte, wollte ich legitimieren, was wir hatten. Ihr und den anderen zeigen, dass das, was wir hatten, echt war ... und gut, ich habe die Dinge überstürzt. Ich hätte dir und Brody mehr Zeit geben sollen, um zu trauern. Ich habe es nicht getan. Ich hoffe, du kannst mir verzeihen."

Sie schluckte schwer und tätschelte Perrys Brust. „Papa, lass uns jetzt nicht darüber reden. Das ist lange her und es war hart, aber ich bin jetzt erwachsen. Ich weiß …" Sie dachte an Coop. An ihre gemeinsame Zeit. An die Tatsache, dass das nur vorübergehend war und sie sich wünschte, dass es das nicht war. Aber diese Stadt war das zu Hause schlechter Erinnerungen. Und sie war in einer Krise hier aufgetaucht, schwanger mit dem Kind eines anderen Mannes. Und Coop ging es darum, das Richtige zu tun. Sie wollte nicht das sein, was er richtig gemacht hatte. Wenn sie jemals wieder eine feste Beziehung zu einem Mann haben sollte, wollte sie Liebe und Leidenschaft und … nun, sie war sich nicht einmal sicher, ob sie überhaupt jemals wieder vertrauen konnte, nicht nach dem, was Rob ihr angetan hatte.

Kurz gesagt, sie war durcheinander, aber das bedeutete nicht, dass sie keine echten Gefühle für Coop hatte. Sie waren nicht passend. Sie kamen nicht zur besten Zeit. Also nahm sie an, dass sie verstehen konnte, was ihr Vater mit Lucille durchgemacht hatte. Sie hatte nie gewusst, dass er sich schuldig fühlte. Er hatte es ihr nie gesagt. Und all ihre Probleme mit Lucille hatten wahrscheinlich seine Schuldgefühle entfacht.

Sie nahm die Hand ihres Vaters. „Ich weiß, Liebe ist kompliziert", sagte sie. „Man kann sich nicht aussuchen, wen oder wann man liebt. Ich weiß nur, dass ich dich liebe. Und wir werden das gemeinsam durchstehen."

Kapitel Zwölf

Coop legte die Hand auf den Türgriff und zögerte. Er kam seit Jahren auf die Ranch der Haynes und war immer einfach hineingegangen und hatte sich wie zu Hause gefühlt. Er wurde als Teil der Familie behandelt. Bis gestern.

Er konnte es Brody nicht verdenken. Nicht wirklich. Coop hatte genau das getan, was sein bester Freund verlangt hatte –

ihm befohlen hatte –, es nicht zu tun. Es war schlimm genug, dass er Natalie nach der Party nicht nach Hause gebracht hatte, aber die beiden, wie sie am nächsten Morgen im Krankenhaus ankamen und ihre Kleider vom Vorabend trugen, waren wie eine Leuchtreklame für Indiskretion.

Er fragte sich, wie die Dinge für sie im Krankenhaus verlaufen waren. Er hätte bleiben sollen, um sicherzugehen, dass es ihr gut ging. Sie war ziemlich erschüttert von den Nachrichten über den Schlaganfall gewesen. Die *Schlaganfälle*.

Nein. Brody war ziemlich hart gewesen, als er gegangen war, und er wollte es wirklich nicht noch schlimmer machen, indem er mit ihm stritt. Brody war auch ziemlich erschüttert.

Er würde mit seinem Freund reden und versuchen, ihm verständlich zu machen, dass seine Gefühle für Natalie tiefer waren als eine zwanglose Beziehung. Er hoffte, Natalie hatte letzte Nacht die gleiche Nachricht empfangen. Er würde mit ihr reden, nachdem er die Dinge mit Brody geklärt hatte.

Ein tiefer Atemzug, dann öffnete Coop die Tür und ging direkt in Brodys Büro.

„Ich habe mich gefragt, wann du dein trauriges Ich hierher schleppen wirst", sagte Brody und sah von dem Laptop auf seinem Schreibtisch auf.

„Wie geht es deinem Vater?"

Er zuckte mit den Schultern. „Es geht ihm gut. Ist mal wieder nur mit einem Schrecken davongekommen, sagen die Ärzte." Brody stand auf, ging um seinen Schreibtisch herum und deutete an, dass Coop sich auf einen Flügelsessel am Fenster setzen sollte. Brody setzte sich schwer in den anderen.

„Ich dachte, er passt auf sich auf", sagte Coop.

„Ja, nun, wenn Leute da sind, tut er das schon. Aber es stellte sich heraus, dass er sich mehrmals in der Woche nach Sheridan geschlichen hat, für mehr als nur ein paar Bacon-Burger und Bier. Als sie es herausfand, ist Lucille ausgerastet." Brody schüttelte den Kopf. „Wenn er uns nicht so erschreckt hätte, würde mir der Kerl leid tun. Sie wird jetzt ständig in seiner Nähe sein, wenn er nach Hause kommt. Er wird sich glücklich schätzen können, wenn sie ihn jetzt noch alleine durchs Leben gehen lässt."

„Und wie geht es dir?", fragte Coop. Es sah nicht so aus, als hätte Brody letzte Nacht viel geschlafen.

Er zuckte mit den Schultern. „Es geht mir gut."

Eine automatische Antwort, die Coop ihm nicht abkaufte. „Ja wirklich? Du siehst nämlich gar nicht gut aus."

Brody lehnte sich zurück und schloss die Augen. „Es ist anstrengend, die zwei hier zu haben."

„Natalie und Lucille?"

"Sie sind noch nie gut miteinander ausgekommen." Brody drehte sich um und sah Coop an. „Natalie hat Lucille nicht angefahren, aber sie hat sie mit Schweigen gestraft, und das war schlimm genug."

Coops beschützerischer Instinkt erreichte den Höhepunkt. Natalie war nach Hause gekommen, weil sie nirgendwo anders hingehen konnte. Alles, was sie wollte, war, dass ihre Familie ihr half, eine schwierige Zeit durchzustehen. Es ärgerte ihn, dass ihr eigener Bruder sie kritisierte. „Kannst du es ihr verübeln? Niemand hat ihr von Perrys erstem Schlaganfall erzählt und plötzlich hat er noch einen. Sie war völlig unvorbereitet."

„Und nicht zu erreichen", sagte Brody spitz.

Da war es. „Ja. Das war meine Schuld. Ich sah Lichter im Laden und hielt an, um sicherzugehen, dass niemand eingebrochen war. Wir haben die Handys im Auto gelassen."

„Du hast die ganze Nacht gebraucht, um zu bestätigen, dass du nicht ausgeraubt wurdest?"

„Es ist nicht das, was du denkst", sagte Coop.

„Du hast nicht mit meiner Schwester geschlafen?"

„Das habe ich nicht gesagt."

„Also ist es doch das, was ich denke." Brodys grüne Augen verengten sich und erinnerten ihn an Natalies, wenn sie ihn wegen etwas herausforderte, von dem sie dachte, dass er falsch lag.

Coop wand sich. „Sie bedeutet mir etwas."

Brody fluchte leise und lehnte sich auf seinem Stuhl zurück.

„Was? Ich dachte, du würdest dich besser fühlen, wenn du wüsstest, dass es nicht nur was Beiläufiges ist. Ich weiß, du hast uns gewarnt, aber Mann, mir liegt wirklich was an ihr. Und was ihr Baby betrifft, musst du wissen, dass das kein Problem für mich ist." Coop hatte erwartet, dass sein Freund aufgebracht oder enttäuscht von ihm ist, aber stattdessen sah er traurig aus.

Brody drehte seinen Kopf zu Coop. „Ich wünschte, du hättest mir zugehört."

Coop wollte antworten, aber Brody hob eine Hand, um ihn aufzuhalten.

„Du hast recht", fuhr Brody fort. „Zuerst wollte ich, dass du und der Rest der Cowboys sich von ihr fern halten. Sie hat viel durchgemacht und ich dachte, sie würde etwas Platz brauchen. Ich hatte auch gehofft, dass sie sich entscheiden würde zu bleiben, und ich wollte nicht, dass eine gescheiterte Beziehung mit einem von euch Rüpeln das gefährdet."

„Also, was ist das Problem? Glaubst du, ich werde sie lieben und sie verlassen, und dann wird sie wieder abhauen?"

„Nein. Ich denke, sie wird *dich* lieben und *dich* verlassen. Du bist mein bester Freund, Coop, und ich hasse es zu sehen, dass du verletzt wirst, aber es ist unmöglich, dass sie nach der Geburt ihres Babys bleibt. Nicht einmal deinetwegen."

„Wirfst du sie raus?", fragte Coop.

„Nein! Bist du verrückt? Ich würde nie etwas sagen oder tun, um sie dazu zu bringen, zu gehen. Ich möchte, dass sie bleibt."

Coop dachte über Natalies Geständnis nach, wie sie seit Jahren über ihn fantasierte und wie gut sie zusammen waren. Als sie sich letzte Nacht geliebt hatten, war Coop fest entschlossen, dass es keine beiläufige Affäre sein würde, trotz allem, was sie gesagt hatte. Jetzt erkannte er, dass es wichtig für ihn geworden war, dass sie blieb. Er hatte sich in sie verliebt und er war sich ziemlich sicher, dass auch sie ihn bald lieben würde. Wenn sie es nicht schon tat. Er konnte eine gemeinsame Zukunft für die beiden und ihr Baby sehen. „Vielleicht kann ich sie dazu bringen zu bleiben."

Brody schnaubte. „Ich fürchte, die Chancen dafür sind eins zu einer Million. Sobald Natalie sich entschieden hat, ändert sie nichts daran."

„Nun, dann muss ich sehr überzeugend sein", sagte Coop grinsend.

„Igitt. Keine Details, bitte."

Coop wurde ernst und stand auf. „Keine Details, aber ich hätte gerne deinen Segen."

Brody stand ebenfalls auf und hielt Coop die Hand hin, um sie zu schütteln. „Den hast du, mein Freund."

Coop verließ Brodys Büro mit einem positiven Gefühl für die Zukunft und packte die Herausforderung an, Natalie dazu zu überreden, mit ihm in Playbook Springs zu bleiben. Er musste sie finden, um sicherzugehen, dass es ihr gut ging, aber er hatte keine Ahnung, wo sie sein könnte. Brody hatte sie nicht gesehen, seit er sie und Lucille letzte Nacht aus dem Krankenhaus nach Hause gebracht hatte.

„Hallo, Schönheit", sagte Coop zu Lucille, die mit dem Rücken zu ihm am Küchentisch saß. Er versuchte seinen Schock zu verbergen, als sie sich ihm zuwandte. Sie hatte einen rosafarbenen Velours-Morgenmantel an, trug kein Make-up und ihre Haare standen ab, als wäre sie gerade aus dem Bett aufgestanden – aber es war fast Mittag. Er hatte sie noch nie so gesehen – laut Brody hatte das niemand außer Perry. „Geht es dir gut?"

Sie lächelte schwach. „Es ging mir schon mal besser. Komm, setz dich. Trink eine Tasse Tee mit mir." Sie stand auf, um ihm eine Tasse zu holen, aber er bedeutete ihr, sich wieder zu setzen, und ging zum Schrank, um sich selbst eine Tasse zu holen. Er reichte sie ihr und setzte sich vor sie an den Tisch.

Coop nutzte ihre Ablenkung, während sie ihm den Tee eingoss, um sie genauer zu betrachten. Ihr Gesicht war sehr blass und ihre Augen waren rot und geschwollen. Ohne ihr Make-up konnte er Sorgenfalten auf ihrer Stirn und um ihren Mund herum sehen. Aber Make-up konnte nur das abdecken. Es war die Abwesenheit ihrer üblich animierten Lebendigkeit, die sie heute alt und gebrechlich erscheinen ließ.

„Hier bitte, mein Guter." Lucille reichte ihm die Tasse.

„Es geht mir gut. Ich mache mir eher Sorgen um dich. Und Natalie."

Sie nickte. „Sie ist verärgert. Sie versucht ihr Bestes, um es vor ihrem Vater zu verbergen und zu kontrollieren, aber sie ist verärgert und macht mir Vorwürfe, dass ich ihr Perrys ersten Schlaganfall vorenthalten habe."

„Ja, ich weiß. Warum hast du es ihr nicht gesagt?" Es war eine Frage, die Coop seit Natalies Heimkehr verwirrt hatte.

Lucille nahm einen langen Schluck Tee. „Sowohl Brody als auch ich wollten es. Wir dachten, sie würde zurückkommen und ihren Vater sehen wollen, um sicherzustellen, dass es ihm gut ging. Aber Perry hat es uns verboten."

„Warum sollte er das tun? Wollte er sie nicht beunruhigen? Ich weiß, es war nicht schlimm, aber es war immer noch ein Schlaganfall."

„Es hatte ihm das Herz gebrochen, als sie gegangen war und nicht einmal mehr kam, um uns zu besuchen. Er und Brody gingen beide nach Kalifornien, um sie zu sehen, aber sie kam nie nach Hause."

„Bis jetzt."

Als Lucille lächelte, sah sie zwanzig Jahre jünger aus. „Perry war so glücklich, sie zu sehen."

„Das erklärt nicht, warum er nicht wollte, dass sie von seinem ersten Schlaganfall erfährt."

„Reine Sturheit!" Lucille schüttelte angeekelt den Kopf. „Er wollte, dass sie nach Hause kam, weil *sie* das wollte, und nicht, weil sie sich dazu gezwungen fühlte."

„So etwas wie Perrys Schlaganfall."

Lucille nickte.

Coop nahm einen Schluck Tee. Es war nicht sein Lieblingsgetränk, aber er fand nicht, dass er nach einen Bourbon fragen sollte, wenn es noch nicht mal Mittag war. „Warum sagst du ihr nicht einfach, dass Perry beschlossen hat, es ihr nicht zu sagen?"

„Daniel Cooper." Lucille sagte seinen Namen mit der gleichen Kombination aus Mitleid und Müdigkeit, an die er sich erinnerte, wenn seine eigene Mutter übermäßig begriffsstutzig war. „Ein Mädchen muss ihren Papa auf einem Podest halten. Es würde sie zermürben, wenn sie die Wahrheit wüsste."

„Aber sie lenkt ihre Wut auf dich."

„Perry ist ihr Fleisch und Blut. Sie braucht ihn und er braucht sie. Wenn das bedeutet, dass ich all ihre Wut empfange, so sei es."

„Das ist nicht fair." Coop stimmte Lucilles Einschätzung der Situation nicht zu. Er glaubte, dass Natalie stärker war, als sie und Perry ihr zutrauten, und dass sie es verdient hätte, die Wahrheit zu erfahren. Er fand, dass diese unnötige Feindseligkeit keiner der beiden Frauen gegenüber gerecht war.

„Das Leben ist nicht fair, wie du gut weißt", sagte Lucille. „Aber genug von dieser Unannehmlichkeit. Es ist, wie es ist. Ich nehme an, du bist nicht hier, um mich zu besuchen. Hast du mit Brody gesprochen?"

„Ja."

„Und ich nehme an, du hast ihm versichert, dass deine Absichten ehrenhaft sind, was seine Schwester betrifft."

„Das habe ich."

„Denkst du, du kannst sie dazu bringen, dass sie bleibt?"

„Sie dazu *bringen* nicht. Aber dass sie es *will*? Sie überzeugen, dass es möglich ist? Das ist der Plan."

Lucille stand auf. „Ich wünsche dir alles Glück auf der Welt.

Nichts würde ihren Vater glücklicher machen, als sie in Playbook Springs zu haben."

„Was ist mit dir?"

„Wir waren uns näher gekommen, bis sie von dem Schlag erfuhr. Ich bin zuversichtlich, dass es mit der Zeit klappt." Lucille bückte sich und küsste Coop auf die Wange. „Nun, ich mache mich mal lieber fertig, damit ich Perry nach Hause bringen kann. Ich bin mir sicher, dass er die Ärzte inzwischen verrückt macht."

„Weißt du, wo ich Natalie finden kann?"

„Ich habe sie seit gestern nicht mehr gesehen, aber spät in der Nacht habe ich Geräusche aus dem Keller gehört. Ich nehme an, sie hat ihre alte Dunkelkammer wieder aufgebaut."

Natalie bewegte vorsichtig das Foto in der Entwicklerflüssigkeit. Sie hatte vergessen, wie sehr sie diesen Teil der Fotografie vermisst hatte. Viele Male hatte Rob versprochen, eines der Gästezimmer in seiner Wohnung in eine Dunkelkammer für sie umbauen zu lassen, aber er hatte es nie geschafft. Keine große Überraschung. Da war nichts für ihn drin.

Langsam zeigte sich das Bild: Coop, in seinem typischen Hemd und seiner Jeans, komplett mit Cowboystiefeln und Hut, drehte das Schild um, damit alle wussten, dass Coopers Handwerkerladen für den Tag geöffnet war. Er hatte nicht gewusst, dass sie es aufgenommen hatte. Er wusste auch nichts von dem anderen Dutzend, das sie in den letzten Wochen von ihm gemacht hatte. Sie werden eine schöne Erinnerung an ihre Zeit hier sein.

Sie ignorierte das Klopfen an der Tür und fischte mit ihrer Zange das Foto aus dem Entwickler und schob es in das Stoppbad. „Geh weg!", rief sie, als das Klopfen lauter wurde. Sie wollte niemanden sehen.

„Natalie, ich bin's, Coop. Lass mich rein. Ich will dich sehen."

Sie konnte das Grinsen nicht aufhalten, das ihr übers Gesicht kam, als sie seine Stimme hörte. Okay, er war die einzige Person, die sie sehen wollte. „Ich brauche ein paar Minuten, um das hier zu beenden, dann bin ich draußen."

Natalie beendete den Prozess und bewegte das Foto durch den Fixierer und die Spülbäder. Dann hing sie es auf, damit es neben den anderen Fotos, die sie zuvor entwickelt hatte, trocknen konnte. Sie zog ihre Handschuhe aus und öffnete die Tür. „Hallo, Cowboy."

Coop richtete sich auf und nahm seinen Hut ab. „Wie geht es dir?"

„Großartig, jetzt, da es meinem Vater besser geht und ich hier spielen kann", antwortete sie und fühlte ein Vorgefühl in ihrem ganzen Körper.

„Ist das sicher?" Coop deutete auf die Dunkelkammer. „Für das Baby, meine ich."

Seltsam, wenn jemand anders gefragt hätte, wäre sie irritiert darüber, dass man annahm, sie wäre unverantwortlich genug, um die Gesundheit ihres ungeborenen Kindes zu gefährden, aber bei Coop empfand sie ein albernes Gefühl der Freude an seiner Sorge. „Perfekt. Außerdem ist es gut belüftet und ich benutze eine Zange und Handschuhe, damit ich die Chemikalien nicht anfasse."

Er nickte und sah auf seine Hände hinunter, während sie die Krempe seines Hutes massierten. War er nervös?

„Willst du sie sehen?", fragte Natalie.

„Sicher." Coop folgte ihr in die Dunkelkammer. Sie schloss die Tür und schaltete ein schwaches, bernsteinfarbenes Licht ein. „Ich dachte, es müsste dunkel sein", sagte er.

„Für die Entwicklung von Filmen, ja, aber das ist gut für die Herstellung von Abzügen." Sie sah zu ihm auf. „Enttäuscht?"

Er packte sie um die Taille und zog sie an sich heran. „Kaum." Er legte seine Lippen auf ihre, fest und gebieterisch.

Natalie verschmolz mit ihm und genoss das Gefühl und den

Geschmack von ihm. Sie war enttäuscht, als er sie losließ und sich umsah.

„Die sind großartig", sagte er und musterte die Linie der zum Trocknen aufgehängten Abzüge. Sie hatte angefangen, die Schwarz-Weiß-Fotos zu entwickeln, die sie von den Kunsthandwerken gemacht hatte, die der Geschenkeladen anbieten würde. Sie dachte, es wäre schön, ein künstlerisches Foto und eine Biographie neben den Kreationen zu haben. „Hey, wann hast du das aufgenommen?" Er deutete auf das Foto, das sie gerade entwickelt hatte.

Sie zuckte mit den Schultern. „Weißt du", sagte sie, kam hinter ihn und schlang ihre Arme um seine Hüfte. „Ich entwickle meine eigenen Fotos, was bedeutet, dass ich Bilder von allem machen kann, was ich will, und die einzigen Leute, die sie sehen, sind ich und wen auch immer ich wähle." Sie schnallte seinen Gürtel ab und achtete sehr darauf, die Beule darunter nicht zu berühren.

„Und was würdest du gerne fotografieren?" Seine Stimme klang angespannt.

Sie lächelte, zog sein Hemd aus seiner Hose und strich mit ihren Händen über seinen harten Bauch. „Ich würde gerne eine Projektstudie von dir machen."

„Eine Studie?"

„Eine Reihe von Aktfotos." Das wäre definitiv etwas Besonderes, das man mitnehmen könnte.

„Kann ich die von dir machen?" Seine Stimme wurde immer heiserer, als ihre Hände bis zum Bund seiner Jeans wanderten.

„A-hmm." Der Gedanke, dass sie sich nackt fotografierten, war definitiv heiß. Aber im Moment hatte sie etwas anderes im Sinn. Sie nahm seine Hand und führte ihn in ein zweites Zimmer. „Das ist der Trockenraum", erklärte sie. „Keine Chemikalien."

„Was ist das? Ein Mikroskop?"

„Nein, es ist ein Vergrößerer."

„Brauche ich einen davon?" Er sah auf seinen sehr herausragenden Schritt und grinste dann.

„Kaum", kicherte sie. Man verwendet es, um einen Abzug vom Negativ zu machen."

„Gott sei Dank. Ich würde es hassen zu glauben, dass ich eine Enttäuschung war." Coop hob Natalie auf den Tisch gegenüber dem Vergrößerer.

Sie schloss ihre Augen, als er ihr Gesicht umschloss. Sehr sanft küsste er jedes ihrer Augenlider, ihre Wangen und dann ihren Mund. Sie griff nach oben und zog seinen Kopf näher an ihren, um den Druck zu erhöhen. Sie öffnete ihren Mund, um ihm Einlass zu gewähren, und stöhnte, als ihre Zungen tanzten und kämpften, jede versuchte, die andere zu fangen.

Coops Hände strichen über ihre Schultern, ihre Arme bis zu ihren Hüften. Er riss sie zu sich und rieb seinen Schwanz an ihre Schenkel.

Natalie wollte ihn auf die schlimmste Art und Weise. Sie war so besorgt um ihren Vater gewesen und hatte sich so sehr bemüht, ihre Verzweiflung darüber zu begraben, dass niemand ihr von seinem ersten Schlaganfall erzählt hatte – sie brauchte etwas, um ihre Anspannung zu lösen. Und er hatte das perfekte Etwas.

Sie zog an seinem Hemd, als sie versuchte, es aufzuknöpfen, und gab dann frustriert auf – zu viele Knöpfe – und ging tiefer, um an seiner Jeans zu arbeiten.

Er beruhigte ihre Hände. „Nein, nein, nein. Jetzt ist es Zeit für *meine* Fantasie."

Natalies Herz hüpfte vor Erwartung. Als sie sich letzte Nacht geliebt hatten, folgte er ihr und erlaubte ihr, das Tempo zu bestimmen. Jetzt war er an der Reihe und es erschreckte sie und machte sie zugleich neugierig darauf, zu erfahren, was seine Fantasie war. „Okay. Sag mir deine Fantasie."

„Strip für mich."

Natalie begann vom Tisch herunterzurutschen, um der Aufforderung nachzugehen.

„Nein, stell dich auf den Tisch. Es ist stabil, oder?"

„Ja." Sie schluckte schwer. Mit seiner Hilfe stellte sie sich auf den Tisch und bemerkte, dass sein Gesicht zwischen ihren Beinen war. Sie streifte einen Schuh und dann den anderen von den Füßen ab.

„Oberteil zuerst", sagte er.

Natalie zog ihren Pullover aus und fing an, ihren BH auszuziehen.

„Langsamer."

Sie starrte ihn an und erinnerte sich daran, wie er sie die letzte Nacht geneckt und sich davon abgehalten hatte, ihre Haut zu berühren, bis sie es nicht mehr aushalten konnte. War es das, was er vorhatte? Sie wollte ihn so sehr haben. Wollte ihn jetzt.

„Meine Fantasie, erinnerst du dich?", sagte er.

Sie fluchte leise vor sich hin und begann einen langsamen Striptease zu machen, zog ein Kleidungsstück nach dem anderen aus und benutzte es dann, um sich zu verdecken und ihre Nacktheit allmählich zu offenbaren. Der mühsame, langsame Prozess war sehr erotisch und sie fühlte sich genauso erregt, wie er es war, wenn sein keuchender Atem ein Anzeichen dafür war.

„Leg dich auf den Tisch, auch die Füße", befahl er, als sie fertig war.

Sie gehorchte, lehnte sich zurück, stützte sich aber auf ihre Ellbogen, damit sie ihn beobachten konnte. Im gedimmten Licht war er größtenteils im Schatten – ein Fremder, dunkel und mysteriös. Mit einem Mal wurde ihr klar, dass er tatsächlich fast ein Fremder war. Er war jahrelang ein Freund ihres Bruders gewesen und sie hatte sich nach ihm gesehnt, aber sie kannte ihn nur ein paar Wochen.

Er nahm einen Fuß und fing an, über ihre Wade und entlang der Innenseite ihres Oberschenkels winzige Küsse zu legen und an ihrer Haut zu knabbern, und blieb dann kurz vor dem Punkt stehen, an dem sie ihn unbedingt haben wollte.

Sie wand sich und versuchte, sich auf seine Zunge zu senken, aber er kicherte nur und ließ sie los, bewegte sich zu ihrem zweiten Bein, wo er den gesamten Vorgang wiederholte.

„Deine Fantasie beschert mir einen langsamen, qualvollen Tod", sagte sie anklagend, als er sie wieder losließ, ohne sie zu befriedigen.

„Meine Fantasie ist es, dich so heftig kommen zu lassen, dass du dich danach an keinen anderen Mann erinnern kannst, mit dem du jemals zusammen warst", sagte er.

Bevor sie Zeit hatte, um zu verstehen, was er gesagt hatte, spreizten seine Hände ihre Beine und seine Zunge tauchte in sie ein. Sie schrie vor Genuss über das plötzliche Eindringen auf. Seine Hände kneteten ihre Schenkel, während seine Zunge sie erforschte. Sie packte seine Haare und hielt sich an ihnen fest, während er sie leckte. Sie konnte an nichts anderes denken außer an das Gefühl von ihm zwischen ihren Beinen. Zu früh spürte sie den verräterischen Wechsel von Erwartung zu Gewissheit, als sich die Leidenschaft zum Höhepunkt aufbaute. Ihre Hüften hoben sich vom Tisch, als sie hart gegen ihn kam. Krämpfe süßer Ekstase wirbelten durch sie hindurch.

„Also?", keuchte er, als ihr Zittern endlich nachließ.

„Mission erfüllt."

KAPITEL 13

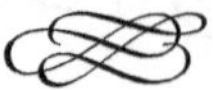

Es waren Monate seit Perrys Schlaganfall vergangen und in dieser Zeit hatte sich Natalies Leben in eine Routine verwandelt. Sie verbrachte Zeit mit ihrer Familie, und wenn sie das nicht tat, verbrachte sie Zeit damit zu arbeiten, Fotos zu machen, sich auf das Baby vorzubereiten oder mit Coop zu schlafen.

Sie waren vor ein paar Minuten mit dem Liebemachen fertig geworden und lagen jetzt in seinem Bett in seinem Haus. Sie war beeindruckt davon, wie Coop sein Liebesspiel über die Monate angepasst hatte, um ihren wachsenden Bauch aufzunehmen. Sie hatte gehört, dass Schwangerschaftshormone einige Frauen geil machten, aber, wow, sie konnte nicht glauben, wie unersättlich sie geworden war.

„Ich denke, sie ist wach", sagte er.

Natalie lächelte Coop zu, der seine Wange gegen ihren riesigen Bauch drückte. „Du bist dir so sicher, dass es eine sie ist?", sagte sie.

„Bin ich." Coop küsste sich zu ihren Lippen hoch. „Und sie wird genauso schön sein wie ihre Mama."

Das Baby schien sich wieder umzudrehen und Natalie zuckte

vor Unbehagen zusammen. „Nun, was auch immer es ist, ich hoffe, sie oder er kommt bald. Ich fühle mich, als hätte ich zehn Runden mit einem Boxer durchgestanden. Ich habe innen überall blaue Flecken."

Coop schlang seine Arme um sie. „Zwölf Tage, richtig?"

„Außer, dass die ersten Babys berüchtigt dafür sind, dass sie zu spät kommen."

Er gluckste. „Der erste Akt der Rebellion. Sie wird wahrscheinlich genau wie du sein: Alles in deiner eigenen Zeit und zu deinen eigenen Bedingungen zu tun."

Natalie schlug spielerisch auf seinen Arm. „Ist das ein Wunsch oder ein Fluch?"

Er beugte sich vor und knabberte an ihrer Unterlippe. „Vielleicht ein bisschen von beidem."

Sie umfasste sein Gesicht und strich mit ihren Daumen über die Bartstoppeln auf seinen Wangen. Sie hob leicht ihren Kopf, damit sie seinen Mund erreichen und ihn küssen konnte. Er stöhnte und vertiefte den Kuss, beugte sich so nahe an sie heran, wie es ihr Bauch erlaubte.

Zwischen ihnen wand sich das Baby protestierend und sie und Coop kicherten über die Empfindung.

Coop ließ sie los und senkte den Kopf, um mit dem Baby zu sprechen. „Hab ich dir nicht genug Aufmerksamkeit geschenkt, Kleine?" Er küsste Natalies Bauch und jaulte dann vor Überraschung auf, als eine riesige Welle unter ihrer Haut fuhr.

„Was ist das für eine seltsame Wirkung, die du auf die Frauen in dieser Stadt hast?", fragte Natalie und grinste über seine Reaktion.

„Mir liegt nur etwas an der Wirkung, die ich auf eine Frau habe", sagte er und schaute auf sie hinunter.

Natalies Herz schlug in ihrer Brust. *Vorsicht, in diesen Kommentar möchtest du nicht zu viel hineininterpretieren.* Als sie vorgeschlagen hatte, dass sie miteinander Spaß hatten, während sie hier war, hätte sie nie erwartet, dass sie die ganze Zeit zusammen verbringen würden. Sie konnte nicht genug von Coop bekommen. Und er schien dasselbe für sie zu empfinden.

Trotzdem hatte sich nichts geändert und es hatte sich doch *alles* geändert. Sie verhielten sich, als würden sie daten. Sie benahmen sich wie ein Paar, das sich verliebte. Coop benahm sich wie ein Mann, der sie nie gehen lassen würde.

Es war bis zu dem Punkt gekommen, an dem Natalie anfing sich zu fragen … war es möglich? Konnten sie und das Baby wirklich hier bleiben? Mit Coop?

Es war egal. Er erwähnte keine Zukunft mit ihr. Tatsächlich sprach er nie über etwas, das nach der Eröffnung des Geschenkeladens stattfinden könnte.

Und warum sollte er auch? Sie hatte ihm eine ungezwungene Beziehung verkauft – ohne Verpflichtungen, weil sie die Stadt verlassen würde. Also was soll's, wenn sie gut miteinander auskamen und sich gut amüsierten – und ja, der Sex war spektakulär? Er würde sich nicht das Kind eines anderen Mannes andrehen lassen wollen. Ein Mann, hinter dem jede Frau in der Stadt her war? Wer könnte es ihm verübeln, dass er nicht mit beschädigter Ware plus Kind belastet werden wollte?

Sie blinzelte eine Träne zurück. *Reiß dich zusammen. Das wolltest du doch.*

„Ach nein! Schon so spät?" Coop setzte sich auf. „Ich muss in den Laden." Er stand auf und verschwand im Badezimmer.

Natalie setzte sich auf und sah auf die Uhr. Es war wirklich spät. Sie schwang ihre Beine über die Bettkante, gerade als sie hörte, wie er das Wasser zum Duschen laufen ließ. Sie schloss ihre Augen und stellte sich vor, wie das Wasser über seinen Körper strömte. Wenn sie sich schnell genug bewegte, konnte sie sich ihm anschließen. Aber sie war in letzter Zeit nicht in der Lage, sich schnell zu bewegen.

Coop erschien, zog sich ein T-Shirt über den Kopf und knöpfte seine Jeans zu. Natalie fühlte eine Hitzewelle zwischen ihren Schenkeln. *Wenn er nur nicht ständig so sexy aussehen würde.*

„Du musst dich nicht beeilen", sagte er, als sie versuchte aufzustehen, aber das Gleichgewicht verlor und sich wieder hinsetzte. „Der Chef wird Ihren Lohn nicht kürzen, wenn Sie zu spät kommen." Er zögerte, als er sie küsste. „Wenn du hier im Bett warten möchtest, bis ich nach Hause komme, wäre das auch in Ordnung. Der Chef kann dir sogar einen Bonus geben."

„Du bist so romantisch", sagte Natalie sarkastisch.

„Ich nehme an, das ist ein Nein zu meinem letzten Vorschlag?"

„Ich bin nicht wirklich der Typ, der herumliegt und darauf wartet, dass der Mann nach Hause kommt", sagte sie, obwohl ihr der Gedanke schon ein bisschen zusagte.

„Nein, das bist du definitiv nicht, aber ein Mann darf doch träumen, oder?" Coop fing ihr Bein, als sie versuchte, ihn zu treten. Er bückte sich und küsste ihren Fuß und folgte ihrer Wade und ihrem inneren Oberschenkel. Natalie wand sich und lehnte sich auf dem Bett zurück, seufzte, als seine Zunge unhöflich zwischen ihren Beinen hin und her flog. „Denkst du über meinen Vorschlag nach?", fragte er und drängte sich näher heran.

„Hmmm." Sie schauderte, als sein warmer Atem die sensiblen Hautfalten streichelte. „Warum machst du heute nicht später auf?"

Er hob den Kopf und grinste. „Immer eine Verhandlung mit dir."

„Ich frage nur nach dem, was ich will." Natalie war sich der Lüge bewusst, als sie die Worte aussprach. Wenn es wahr wäre, würde sie fragen, ob sie für immer bei ihm bleiben könnte.

Er fuhr mit seiner Zunge über sie und stand dann auf. „Ich würde heute gerne faulenzen, aber ich muss in den Laden gehen."

Sie setzte sich auf. „Und ich würde gerne den ganzen Tag hier auf dich warten, aber es gibt Dinge, die ich vor unserer Eröffnung an diesem Wochenende tun muss."

Er streckte seine Hand aus und half ihr auf die Beine. „Soll ich auf dich warten?"

„Nein, geh du nur. Ich bin in letzter Zeit nicht so schnell. Ich werde gleich nachkommen."

„Okay." Er schlang seine Arme um sie und senkte seinen Kopf, nahm ihre Lippen in einen leidenschaftlichen Kuss gefangen, der sie beide außer Atem setzte. „Wir werden später hier weitermachen."

Nachdem er gegangen war, sah sie sich im Schlafzimmer um, und ihr Blick blieb an jedem der schwarz-weißen Fotos hängen, die Coop an die Wände geheftet hatte: ein Fotoessay über ihre sich entwickelnde Schwangerschaft, durchsetzt mit Bildern von ihm in verschiedenen Entkleidungsstadien. Sie hatten eine Menge Spaß mit ihrer Kamera. Gott sei Dank hatte sie ihre eigene Fotoentwicklungsausrüstung; das waren keine Bilder, die sie mit anderen teilen wollte.

Sie hatte in den letzten Monaten mehr Zeit in Coops Haus verbracht als im Haus ihres Vaters. Es war bequemer, nur ein paar Blocks vom Heimwerkerladen entfernt. Ein praktischer Vorschlag seinerseits, kein romantischer oder emotionaler. Sie würde es vermissen, wenn sie ging. Und sie würde Playbook Springs vermissen.

Komisch, als sie im Januar zurückgekommen war, hatte sie nicht gewusst, wie sie überleben sollte, bis das Baby geboren wurde. Jetzt wusste sie nicht, wie sie es überleben sollte zu gehen. Sogar Lucille, der Fluch ihrer Existenz, als sie ein Teenager gewesen war, wuchs ihr ans Herz. Natalie hatte ihr – oder irgendjemandem in ihrer Familie – noch nicht ganz vergeben, dass sie ihr den Schlaganfall ihres Vaters vorenthalten hatte, aber diese Wunde heilte langsam.

Fürs Erste schätzte sie jedoch, wie Lucille die Genesung ihres Vaters überwacht hatte. Der arme Mann hatte seit Monaten keinen Burger oder kein Bier mehr getrunken. Er hatte ungefähr zwanzig Kilo abgenommen und sah gesünder aus. Sie konnte der Frau so gut wie alles vergeben, wenn sie ihren Vater glücklich machte.

Lucille machte keinen Aufstand darüber, wenn Natalie nach Hause kam, und diente oft als Puffer zwischen ihr und der Flut von Fragen, die Perry und Brody auf sie zuschmetterten. Sie machten sich nur Sorgen um sie, versuchte Natalie sich zu erklären. Aber sie war vierundzwanzig Jahre alt. Sie musste nicht jede Sekunde erklären, die sie weg von der Ranch verbrachte. Nur Lucille schien das zu verstehen.

Wie ironisch es war, dass sie jetzt, wo Natalie sich selbst in Playbook Springs glücklich leben sehen konnte, doch nicht bleiben konnte. Es wäre hart zuzusehen, wie Coop sich ein Leben – eine Familie – mit jemand anderem aufbaute.

Das Baby summte und brachte Natalies Aufmerksamkeit auf ihre momentane Situation zurück. „Okay, Kleiner. Genug Selbstmitleid. Du und ich werden auch ganz alleine klarkommen."

Natalie ging durch das Zimmer zu ihrem Lieblingsfoto. Coop, ohne Hemd und barfuß, bewunderte ein Foto, das er von ihr gemacht und an seiner Wand aufgehängt hatte. Er hatte einen wehmütigen Ausdruck auf seinem Gesicht und in ihren verzweifelten Momenten tat Natalie gern so, als sei dieser Ausdruck ein Ausdruck der Liebe. Sie entfernte die Stecknadel und nahm das Foto. Sie hatte Dutzende von Fotos von ihm gemacht, aber das war das einzige, das sie mitnehmen würde. Den Rest würde sie zusammen mit ihrem Herzen in Playbook Springs zurücklassen.

KAPITEL 14

„Wow, eine Schlange", sagte Coop und ging an Brody und Lucille vorbei, die vor dem Handwerkerladen auf ihn warteten. Er hielt die Tür auf, damit die beiden eintreten konnten, folgte ihnen hinein und drehte das Schild im Schaufenster auf die Seite, auf der „offen" stand. „Was ist so wichtig, dass ihr zuerst hierher kommen musstet?"

Brody sah auf seine Schuhe und fuhr dann mit seiner Hand durch sein Haar, die nervöse Geste war ein sicheres Zeichen dafür, dass Coop nicht gefallen würde, was sie zu sagen hatten. Er warf Lucille einen Blick zu, die Brody enttäuscht ansah. Anscheinend sollte das Brodys Gespräch sein; sie war lediglich dabei, um sicherzustellen, dass es auch stattfand.

„Was gibt's?", fragte Coop und schaltete die Deckenbeleuchtung ein.

„Kommt Natalie?", fragte Brody.

„Später. Als ich losgegangen bin, ist sie gerade aufgestanden."

Brody nickte und sah erleichtert aus. „Es ist nur …" Er zuckte mit den Schultern.

„Hat das hier etwas mit deiner Schwester zu tun?" Coop machte sich auf eine Konfrontation bereit. Er wusste nicht, was das Problem war. Er dachte, Brody käme damit klar, dass er und Natalie zusammen waren.

„Ich würde diese Unterhaltung lieber ohne sie führen, das ist alles", sagte Brody.

„Okay, sie kommt noch eine Weile nicht. Worüber willst du mit mir reden?" Coop ging zum Schalter, um die Kassen- und Kreditkartenverarbeitungsmaschinen einzuschalten.

„Es geht um dich und Natalie", sagte Brody.

„Du machst Witze? Ich hätte es nie erraten", sagte Coop scherzhaft.

„Komm schon, Coop. Das ist nicht einfach für mich."

„Frag ihn einfach", sagte Lucille.

Brody warf Lucille einen irritierten Blick zu, bevor er sich zu Coop wandte. „Haben du und Natalie über eure Zukunft gesprochen?"

„Was meinst du?" Coop war über die Frage verdutzt. „Ich habe es dir schon gesagt: Ich bin verrückt nach ihr. Ich habe vor, dass daraus was Ernstes wird."

„Alles klar. Gut." Brody schien von der Antwort erleichtert, drehte sich um und wollte gehen.

„Meine Güte. Ihr zwei!" Lucille seufzte entnervt.

„Was?" Brody drehte sich abweisend von ihr weg. „Du hast Coop gehört. Er hat vor, dass daraus was Ernstes wird."

„Es ist nicht Daniel, um den ich mir Sorgen mache", sagte Lucille schnippisch. Sie wandte sich an Coop. „Hast du eine wirkliche *Unterhaltung* mit Natalie über eure Zukunft geführt?"

„Nicht wirklich." Sie hatten nicht wirklich darüber gesprochen, aber Coop war sich sicher, dass er und Natalie auf der gleichen Wellenlänge waren, und wenn sich die Dinge beruhigten, sobald der Geschenkeladen geöffnet und das Baby geboren war, würden sie heiraten und glücklich bis ans Lebensende werden.

„Hast du ihr wenigstens gesagt, wie du dich fühlst?"

Mich fühle? „Was meinst du?"

„Meine Güte, Daniel Cooper, du kannst doch unmöglich so

beschränkt sein, wie du im Moment rüberkommst?" Lucille warf ihre Arme in die Luft und starrte ihn an. „Ich frage dich, ob du Natalie gesagt hast, dass du willst, dass sie bleibt? Dass du Teil ihres Lebens sein willst? Des Lebens ihres Babys?" Sie trat einen Schritt näher auf ihn zu. „Hast du ihr gesagt, dass du in sie verliebt bist, um Himmels willen?"

Lucille hatte vielleicht nie ein eigenes Kind, aber sie beherrschte das erschreckende Aussehen und den Stimmklang von Müttern einwandfrei. Er fühlte sich, als hätte seine eigene Mutter herausgefunden, dass er sein Fahrrad auf das Dach seiner Grundschule geschleppt und den größten Teil des Vormittags damit verbracht hatte, darauf herumzufahren. Er war aufgeflogen, als die Schule seine Eltern anrief, um zu sehen, warum er abwesend war. Der Blick auf dem Gesicht seiner Mutter, als er vom Dach herunterkam … Nun, er war identisch mit dem, den Lucille ihm jetzt zuwarf.

„Sie weiß es", sagte Coop.

„Weil sie eine Gedankenleserin ist?", sagte Lucille mit von Sarkasmus durchtränkter Stimme. „Oder vielleicht bist du der Gedankenleser, weil du weißt, dass sie es weiß."

„Sie lebt praktisch mit mir zusammen. Sie hat ihren eigenen Schlüssel und alles."

„Und ihr würde nicht einfallen, dass das nur so ist, weil es bequemer ist, so in den Laden zu kommen?"

Coop und Brody schauten verzweifelt und zuckten mit ihren Achseln. „Hör zu, ich will nicht ins Detail gehen …"

„Nein, bitte nicht", sagte Brody und verstand schnell, was Coop sagen wollte.

„Sagen wir einfach, wir haben eine sehr starke emotionale und körperliche Verbindung. Wir brauchen keine Worte, um auszudrücken, wie wir uns fühlen. Es ist offensichtlich, wenn wir zusammen sind."

„Hat sie dir etwas davon gesagt, dass sie bleiben möchte?", drängte Lucille.

„Nicht wirklich", sagte Coop. „Warum?"

„Weil ihr Geburtstermin bald ist und sie nichts getan hat, was darauf hindeuten könnte, dass sie vorhat, in Playbook Springs zu bleiben."

„Wie zum Beispiel?"

„Wie zum Beispiel Möbel für das Baby zu kaufen. Eine Krippe. Einen Hochstuhl."

„Sie hat einen Autositz gekauft", sagte Coop.

„Das spricht nicht gerade *für* dein Vorhaben", sagte Lucille. Alles, was sie zu Hause gemacht hat, ist, eine alte Wiege aus dem Keller zu holen. Wenn du mir nicht erzählst, dass sie Babymöbel für dein Haus gekauft hat, glaube ich, dass sie geht."

Coop spürte, wie sein Körper erstarrte und die Welt um ihn herum verstummte. Lucille musste sich irren. Sicher, er hatte Natalie nicht gesagt, dass er sie liebte, aber alles, was er tat, zeigte ihr, wie viel sie ihm bedeutete. Er hatte nicht einmal eine andere Frau angesehen, seit er sie getroffen hatte. Und der Sex ... diese intensive Intimität passierte nicht zwischen Menschen, die nicht ineinander verliebt waren.

Die Glocke an der Tür klingelte und Natalie betrat den Laden. Coop versuchte, an ihrem Blick, an ihrer Bewegung auszumachen, ob Lucille recht hatte oder nicht. Sie sah genauso aus wie immer. Schön. Sexy. Sein.

„Was ist los? Hat jemand ein Familientreffen einberufen?", fragte Natalie und beäugte die Gruppe misstrauisch. „Habe ich was verpasst?"

Coop geriet in Panik. Sie wurden erwischt. Brody errötete vor Verlegenheit, aber Lucille trat sanft ein, um sie alle zu retten. „Nein, Schatz. Brody musste ein paar Dinge für den Zaun holen und ich dachte mir, ich komme mit. Ich hatte auch gehofft, dass ich mal in den Geschenkeladen spicken darf?"

„Sicher", sagte Natalie und hängte ihren Mantel auf. „Du bist für die meisten Künstler verantwortlich, natürlich werde ich dich herumführen."

Coop beobachtete, wie die beiden Frauen durch den Torbogen in den Geschenkeladen verschwanden. Er wandte sich an Brody. „Denkst du, dass Lucille recht hat?"

„Ich weiß es nicht. Wenn mich jemand fragen würde, würde ich sagen, dass zwischen euch beiden alles in Ordnung ist. Sprite scheint glücklich zu sein. Du scheinst glücklich. Warum kann das nicht genug sein? Warum muss alles in Worte gefasst werden? Aber andererseits kann ich auch nicht mit Lucilles Logik streiten."

„Frauen!", sagte Coop.

„Frauen", stimmte Brody zu. „Aber nur um sicher zu sein …"

„Ich weiß. Ich werde heute Abend mit Natalie sprechen. Ich werde klarstellen, dass ich will, dass sie – und ihr Baby – bleiben."

„Sag ihr, dass du sie liebst. Anscheinend mögen Frauen das."

Coop schnaubte. „Das hat man mir gesagt." Er ging hinter den Tresen. „Brauchst du eigentlich wirklich das Zaunzubehör?"

Brodys Antwort wurde unterbrochen durch ein Reifenquietschen direkt vor dem Laden. Beide Männer eilten zum Fenster, um zu sehen, was vor sich ging.

„Hat jemand tatsächlich Sprites Miata von Corey gekauft?", fragte Brody und beäugte den schwarzen Sportwagen, der im Parkverbot vor der Tür stehen geblieben war.

„Das ist nicht Natalies", sagte Coop. „Ihrer hatte keinen roten Streifen an der Seite."

Der Mann, der herauskam, hatte eine Baseballkappe tief ins Gesicht gezogen und trug eine dunkle Sonnenbrille, sodass Coop seine Gesichtszüge nicht gut sehen konnte. Als er um das Auto herumging, sah Coop das enge weiße T-Shirt, die noch engere schwarze Jeans und die glänzend neuen Cowboystiefel. Selbst wenn der Mann nicht einfach angehalten worden wäre und man ihn um ein Autogramm gebeten hätte, hätte Coop ihn erkannt. Rob DeMarco war nicht so groß, wie er es von dem Schauspieler erwartet hatte, aber er hatte eine Prise Selbstvertrauen, die das kompensierte.

„Ist das …?", fragte Brody.

„Ja."

DeMarco blickte zu der klingelnden Glocke auf, als er den Laden betrat. „Nett", sagte er und deutete darauf.

„Kann ich Ihnen helfen?" Coop straffte die Schultern und richtete sich zu seiner vollen Größe auf.

DeMarco nahm sein Baseballkäppi und seine Sonnenbrille ab. Coop wusste nicht, worum es ging. Er fand, dass er ein gutaussehender Typ war. Dunkles, welliges Haar. Dunkle Augen. Dunkler Teint. Als er lächelte, enthüllte er strahlend weiße Zähne. *Aufsätze*, dachte Coop lieblos. Er war weder sehr groß noch sehr athletisch. Schärfer irgendwie, eher ein Kojote als ein Wolf.

„Ich bin auf der Suche nach Natalie Haynes. Ein alter Typ auf ihrer Ranch hat mir gesagt, sie sei hier", sagte DeMarco.

„Ein alter Typ?" Brody, fast so groß wie Coop aber breiter um die Brust herum, forderte ihn heraus.

„Ja, vielleicht war es ihr Vater." DeMarco zuckte mit den Schultern. „Ist sie hier?"

„Rob?" Natalie muss von dem lauten Parken angezogen worden sein und kam, um zu sehen, was los war. Die Farbe war aus ihrem Gesicht verschwunden und sie wäre wahrscheinlich in Ohnmacht gefallen, wenn Lucille nicht einen Arm um ihre Taille geschlungen hätte. „Was machst du hier?"

„Ich bin gekommen, um dich mit nach Hause zu nehmen, Schatz." DeMarco wollte auf sie zugehen, aber Coop und Brody waren schneller und bildeten zusammen mit Lucille eine geschlossene Front um sie herum.

Coop erwartete, dass Natalie sich über ihre schützende Reaktion ärgern würde, doch stattdessen schenkte sie ihnen ein halb erleichtertes Lächeln.

DeMarco sah leicht amüsiert aus. „Kaum die Begrüßung, die ich erwartet habe." Er richtete seine Aufmerksamkeit auf Natalie.

„Ich weiß, ich war ein Idiot und es tut mir leid. Ich wäre früher gekommen, aber ich war in Argentinien für ein Shooting und ich konnte bis jetzt nicht weg.“

Natalie blieb bewegungsunfähig. Niemand hat etwas gesagt. Die Tür klingelte und Coop sah zu, wie mehrere junge Frauen den Laden betraten, sich umschauten und vor Aufregung flatterten, als sie DeMarco sahen. *Perfekt.*

„Können wir bitte irgendwohin gehen und reden?“ Um ihm Anerkennung zu zollen, konzentrierte DeMarco sich auf Natalie, anstatt auf seine Groupies zu achten.

„Okay.“ Ihre Stimme war kleinlaut und angespannt.

„Willst du mich nicht deinen Leibwächtern vorstellen?“ DeMarco entspannte sich mit ihrer Einwilligung.

„Sicher. Das ist Lucille, meine Stiefmutter.“

„Freut mich.“ DeMarco schenkte Lucille ein superleuchtendes Lächeln und nahm ihre Hand, bückte sich, um sie zu küssen. Coop dachte, ihm würde gleich schlecht werden.

„Mein Bruder, Brody.“

„Freut mich, dich kennenzulernen.“ Der Händedruck sah eher wie eine Herausforderung aus – Brody war im Vorteil. Coop genoss es, DeMarco zusammenzucken zu sehen, als der Griff seines Freundes fester wurde. *Nimm das, Hollywood.*

„Und das ist, ähm …“ Sie blickte zu Coop auf, der sich auflud, begierig, DeMarcos Reaktion zu sehen, wenn er erfuhr, dass Natalie mit ihrem Leben weitergemacht hatte – mit ihm. „Das ist Danny Cooper, mein Chef.“

Ihr Chef?

„Hey, Kumpel. Danke, dass du meinem Mädchen einen Job gegeben hast. Ich weiß es wirklich zu schätzen, dass du auf sie aufgepasst hast.“ Coop bekam nicht einmal einen Händedruck, nur einen Klaps auf den Rücken.

Ihr Chef? Sein Mädchen? Was zum Teufel?

Coop sah verdutzt zu, wie Natalie DeMarco zum Ausgang

folgte. Sie blieben stehen, um ein paar Autogramme zu schreiben, und gingen dann.

Lucilles Blick war mitleidig. „Alles in Ordnung, Daniel?"

Er schüttelte den Kopf. „Ich weiß nicht, was gerade passiert ist." Er fühlte sich taub.

„Dieser arrogante Huren ..." Brody schlug in die Luft. „Was glaubt er, wer er ist, dass er jetzt wieder in ihr Leben spaziert? Und hast du ihm diese lahme Ausrede abgekauft, dass er die ganze Zeit in Argentinien war? Es gibt so etwas wie Skype, Idiot. Schon mal von einem Telefon gehört?"

„Ich denke, du solltest mit Natalie sprechen und ihr sagen, wie du dich fühlst, wenn sie zurückkommt", sagte Lucille sanft.

„*Wenn* sie zurückkommt", sagte Coop. „Ich kann nicht glauben, dass sie mit ihm mitgegangen ist. Warum hat sie das getan?"

„Er ist der Vater ihres Babys, Daniel. Sie haben Dinge zu besprechen. Es bedeutet nicht, dass sie ihn will. Sie wird zurückkommen", sagte Lucille zuversichtlich. „Sie denkt vielleicht darüber nach, Playbook Springs zu verlassen, aber ich kann nicht wirklich glauben, dass sie mit ihm nach Hollywood zurückgeht."

„Aber kannst du glauben, dass sie hier bei mir bleibt?" fragte Coop.

„Oh ja, Süßer." Lucille stand auf ihren Zehenspitzen und küsste seine Wange. „Ich verlasse mich darauf."

KAPITEL 15

Natalie lehnte sich im Ledersitz zurück und versuchte sich zu sammeln, während Rob den Miata gekonnt aus dem Parkverbot lenkte. Sie fühlte sich, als würde sie auf dem Asphalt sitzen. Es war schon mordsanstrengend, in den niedrigen Wagen zu steigen, und sie hatte keine Ahnung, wie sie es schaffen sollte, auszusteigen. Sie vermisste ihren Truck.

„Wohin gehen wir?", fragte sie.

„Ich dachte, wir gehen auf deine Ranch", sagte Rob. „Du hast mir nie erzählt, wie spektakulär sie ist. Warum sind wir nie zuvor zu Besuch gewesen?"

Nein, nicht die Ranch. Sie wollte ihn nicht dort haben. „Bieg hier ab." Sie deutete auf eine Seitenstraße. „Ich kenne einen besseren Ort."

„Sicher, was immer du willst, Schatz." Rob fuhr schneller, als sie es für nötig hielt.

„Und hör bitte auf, mich so zu nennen. Ich bin nicht dein Schatz oder dein Etwas. Nicht mehr. Nicht noch einmal."

Zum Glück schwieg Rob während der Fahrt. Was machte er hier? Und, *oh nein*, hatte sie Coop tatsächlich als ihren Chef vorgestellt? Sie hatte seinen überraschten Gesichtsausdruck gesehen, aber was hätte sie machen sollen? Wie sonst hätte sie ihn vorstellen können? Es war nicht so, als könnte sie behaupten, dass er ihr Freund war. Sie hätte ihn vielleicht als Bettkumpel vorstellen können.

Ein Freund. Das hätte sie sagen sollen. Niemand war ihr ein besserer Freund gewesen als Coop und er hatte es verdient, als solcher anerkannt zu werden. Sie würde sich heute Abend bei ihm entschuldigen.

„Nimm diese Abzweigung", sagte sie und deutete auf eine unbefestigte Straße nach rechts, die eine Baumreihe durchschnitt. Sie lächelte vor sich hin, als Rob jedes Mal fluchte, wenn das Fahrwerk seines Wagens über einen Felsen auf dem unebenen Gelände schabte. Schließlich sagte sie ihm, er solle stehen bleiben.

„Wo zum Teufel sind wir?", fragte Rob.

„Du wirst schon sehen." Natalie öffnete ihre Tür und schwang ihre Beine aus dem Auto, aber sie hatte nicht genug Oberkörperkraft, um sich hochzuziehen. Es war für sie unerträglich, dass sie darauf warten musste, dass Rob kam und ihr half. „Danke", sagte sie widerwillig, als sie auf den Beinen war.

„Es ist mir ein Vergnügen." Er schenkte ihr ein Lächeln, von dem sie wusste, dass der Großteil der weiblichen Bevölkerung ohnmächtig werden würde, aber sie war immun gegen seine Reize. Sie musste es Lucille lassen. Sie war auch nicht von Robs Charisma überwältigt gewesen. Zum Glück hatte er ihre Grimasse nicht sehen können, als er ihre Hand küsste.

„Hier entlang." Sie führte ihn einen kurzen Weg entlang an den Rand eines kleinen Sees. Am Ufer stand ein Picknicktisch und sie setzte sich darauf und betrachtete die stille Schönheit. Wenn sie eine Konfrontation mit Rob hatte, wollte sie, dass es irgendwo war, wo es niemand mitbekam, und hier war das Irgendwo, wo sie sich sicher und geerdet fühlte. Sie hatte schöne Erinnerungen daran, hier mit ihrer Mutter, ihrem Vater und Brody gepicknickt zu haben, als sie jünger war. Es war Teil der

Ranch, aber gut siebenhundert Meter vom Haupthaus entfernt. Sie hatte mit Rob den weiten Weg genommen, damit er nicht wusste, dass sie alleine nach Hause kommen konnte, wenn es nötig war.

Rob pfiff, während er die Gegend betrachtete. „Das ist toll. Warst du schon mal hier?" Er wackelte suggestiv mit den Augenbrauen.

„Warum bist du wirklich hier, Rob? Was willst du?", fragte Natalie.

„Ich habe es dir gesagt. Ich vermisse dich. Ich will dich zurück." Er setzte sich neben sie und nahm ihre Hände.

Natalie wich zurück. Sie mussten eine vernünftige Unterhaltung für Erwachsene führen, aber sie wäre verdammt, wenn sie zulassen würde, dass er sie berührte. „Warum jetzt? Es sind Monate vergangen. Ich weiß, dass du gesagt hast, du hättest Shootings, aber komm schon, das ist keine Entschuldigung."

„Ich habe dich verletzt, nicht wahr? Es tut mir so leid, meine Schönheit."

„Du hast mich nicht nur *verletzt*. Du hast mich öffentlich gedemütigt. Du hast mich meinen Job, meine Karriere gekostet."

„Ja, und ich habe teuer dafür bezahlt."

„*Du* hast bezahlt?"

„Hast du es nicht im Internet gesehen? Liest du keine Klatschzeitungen? Ich wurde von allen verunglimpft, weil ich dich und mein Kind verlassen habe."

Na sicher. Es ging um ihn. „Nein, ich habe mich nicht mehr mit sozialen Medien beschäftigt, seit ich hier bin. Hat es dich einige Rollen gekostet?"

„Nein." Er grinste sie an. „Mein Manager sagt, dass es für mein Image sogar hilfreich sein könnte – du weißt ja, dass Hollywood böse Jungs liebt."

„Und warum hast du dann gelitten? Und warum zur Hölle sollte es mich interessieren?"

„Ich mag es nicht, ein „frauenfeindliches Schwein" genannt zu werden."

„Ist es schlimmer, als „schwangere Schmarotzerin" genannt zu werden?"

Rob hatte den Anstand, die Schuld einzugestehen. „Nein, ich glaube nicht."

„Was willst du von mir? Eine Aussage, die dich von jeglicher Verantwortung befreit? Willst du, dass ich zu den Medien gehe und sage, dass wir die Dinge freundschaftlich beendet haben und getrennt mit unseren Leben weitermachen?"

„Nein. Ich will dich. Ich möchte dich heiraten, damit wir gemeinsam unser Kind großziehen können."

Natalie war verblüfft. „Du willst dieses Kind doch nicht einmal."

„Ich war verwirrt. Ich habe irrational gehandelt. Ich will das Baby. Ich will dich heiraten."

„Wow. Wenn du diesem Baby wirklich ein Vater sein willst, bin ich froh. Ich gebe dir diese Chance. Aber es gibt keinen Grund, zu heiraten." Natalies Gehirn krampfte sich zusammen. In den letzten sechs Monaten hatte sie sich Rob nie als Teil ihrer Zukunft vorgestellt. Sie wusste, dass er legal Elternrechte hatte, aber sie glaubte nicht, dass er sie beanspruchen wollte. Er hatte sie als eine „Schmarotzerin bezeichnet, die ihren Lebensunterhalt damit verdiente, das kreative Blut anderer auszusaugen." Jetzt wollte er sie heiraten?

„Willst du unserem Kind keine Familie bieten? Du hast mich schon mal geliebt, Natalie. Kannst du mich nicht wieder lieben?"

Nein, kann ich nicht, dachte sie. Weil ich Coop liebe. Ich bin in ihn verliebt.

Der Schock ihrer Erkenntnis lähmte sie, selbst als Rob seine Arme um sie legte und sie näher an sich heranzog. Das Baby trat und sie fühlte Rob erschrecken. „Wow, Klein Robbie ist ein Kämpfer."

„Klein Robbie?"

„Klar, warum nicht? Seit den 1700ern wurde in unserer Familie kein Mädchen geboren. Es ist garantiert ein Junge."

Natalie war es ehrlich gesagt egal, ob ihr Baby ein Junge oder ein Mädchen war, solange es gesund war, aber sie zog Coops Einstellung vor, dass es ein Mädchen wurde, weil das Robs Überzeugung zunichte machte, dass es ein Junge sein musste. Sie hatte fast auf ein Mädchen gehofft, nur um eine Nadel in seinen Macho-Mist zu bohren. Was würde die DeMarco-Familie über seine Männlichkeit sagen, wenn sein Kind das erste Mädchen seit über dreihundert Jahren war?

„Ich kann dich nicht heiraten", sagte sie.

„Warum nicht?"

„Weil ich dich nicht liebe. Ich bin in meinen Chef verliebt. Ich bin in Coop verliebt."

Natalie lehnte sich auf der Bank vor der Haustür des Ranchhauses zurück. Sie hatte Rob weggeschickt und ihm versichert, dass sie die Dinge regeln würden, wenn er das Baby sehen wollte, aber die Art, wie er gegangen war, offensichtlich wütend, ließ sie sich fragen, ob sie jemals wieder von ihm hören würde. Sie hoffte es, aber letztendlich nur des Kindes wegen. Und wenn nicht? Sie würden auch so klarkommen.

Sie würden einander haben. Selbst wenn sie Coop nicht hätten, würden sie klarkommen.

Nachdem sie Rob gestanden hatte, was sie für Coop empfand, hatte sie darüber nachgedacht, auch Coop ihre Gefühle zu gestehen. Um zu sehen, ob er vielleicht genauso empfand. Sie war sich nicht hundertprozentig sicher, dass es das Richtige war. Schließlich ging es bei Coop nur darum, das Richtige zu tun. Wenn sie ihm sagte, dass sie ihn liebte, würde er sich unter Druck gesetzt fühlen, sich an sie zu binden, bevor er dazu bereit war. Angenommen, er wäre überhaupt jemals bereit dazu. Er hatte ihr nicht gesagt, dass er sie liebte. Hatte nicht einmal gesagt, dass er wollte, dass sie und das Baby blieben, nachdem der Geschenkeladen geöffnet und das Baby geboren wurde.

Und das verriet ihr eine Menge.

Trotzdem hatte sie gegen ihre eigenen Ängste angekämpft und zu sich selbst gesagt, dass er es verdiente, es zu erfahren. Er verdiente es, für sich selbst die Entscheidung zu treffen. Aber dann hatte ihr Rob einen weiteren Zweifel in den Kopf gepflanzt, und das war einfach doof.

„Du hast Playbook Springs immer gehasst", hatte er gesagt. „Du hast mir erzählt, wie schrecklich man dich hier behandelt hat. Wie fehl am Platz du dich gefühlt hast. Das willst du wirklich unserem Baby antun? Mag dich dieser Coop überhaupt? Hat er gesagt, dass er dich und das Baby will, für immer?"

Sie hatte versucht, ihren Gesichtsausdruck neutral zu halten, aber Rob hatte sie offensichtlich ziemlich genau gedeutet, weil er verächtlich gelacht hatte. „Die arme Natalie. Also bist du bereit, tatsächlich die Schmarotzerin zu werden, wie ich es dir vorgeworfen habe? Denn das werden die Leute denken. Sie dachten, dein Vater hätte deine Stiefmutter ihres Geldes wegen geheiratet. Und sie werden denken, du hättest *Coop* geheiratet, damit er sich um dich und dein Kind kümmert. *Mein* Kind. Sie werden unser Kind diesem Hass aussetzen. Denk darüber nach, bevor du mich abweist."

Sie hatte darüber nachgedacht. Dann hatte sie ihn weggeschickt. Dann hätte sie sich fast übergeben.

Denn was er gesagt hatte, so hasserfüllt er auch war, machte Sinn.

Sie hatte nie in diese Stadt gehört. Konnte sie wirklich glauben, dass die Stadt sie und ihr Baby mit offenen Armen willkommen heißen würde? Sicher, sie waren größtenteils nett zu ihr gewesen, aber das war, weil sie alle erwartet hatten, dass sie wieder gehen würde. Wenn sie nicht gehen … Wenn sie bleiben würde … die Leute würden reden. Über sie. Über ihr Baby.

Und das konnte sie nicht zulassen.

Sie würde ihrem Kind niemals zumuten, sich mit so einem Schwachsinn abgeben zu müssen.

Also würde sie noch die Zeit genießen, die ihr hier mit Coop blieb. Sie würde es in sich aufnehmen. Und dann würde sie das tun, wovon sie schon immer wusste, dass sie es tun würde. Sie würde gehen.

Natalie blickte auf, als die Fliegengittertür aufschwang. Lucille kam und reichte ihr ein Glas kalte Limonade.

„Ich dachte, du hättest vielleicht Durst. Es wird ziemlich heiß hier draußen." Lucille deutete auf die Bank. „Kann ich mich zu dir setzen?"

Natalie nickte zustimmend und nahm einen langen Schluck und genoss das Gefühl der kühlen Flüssigkeit, die ihr in den Hals lief. „Vielen Dank."

„Harter Morgen?", fragte Lucille.

„Ja."

„Würde es helfen, darüber zu reden? Ich weiß, dass wir uns in der Vergangenheit nicht nahe gestanden haben, aber vielleicht kann ich dir als Außenstehende einen anderen Blickwinkel geben."

Natalie sah zu Lucille hinüber und betrachtete ihre blumig gemusterte Bluse und die leuchtend orangefarbene Caprihose. Ihr Make-up war dick aufgetragen, so makellos wie immer. Sie war vor kurzem beim Friseur gewesen, weil die silbergrauen Strähnen, die Natalie neulich bemerkt hatte, verschwunden waren. In der Vergangenheit hätte sie Lucilles Aussehen für eine Frau in ihrem Alter als lächerlich empfunden, aber jetzt erkannte sie, dass es nur eine Fassade war, die sie der Welt zeigte; es war viel mehr darunter, wenn sich jemand die Zeit nahm, sie kennenzulernen. „Ich finde, in letzter Zeit haben wir in unserer Beziehung Fortschritte gemacht."

„Das finde ich auch." Lucille lächelte. „Wir sind beide mit den Jahren reifer geworden."

„Ich war schrecklich zu dir, nicht wahr?"

Lucille lachte. „Du warst ein Kind, kaum ein Teenager, als ich Perry geheiratet habe." Sie sah auf ihren Drink hinunter. „Ich weiß, dass es plötzlich war, aber manchmal passiert es so. Ich war gesegnet, das mit ihm haben zu können, und gesegnet, weil er zwei Kinder hatte, denen ich eine Mutter sein konnte.“

„Nur, dass wir keine Kinder waren.“

„Nein. Das habe ich damals nicht verstanden. Und ich weiß, was die Leute über deinen Vater gesagt haben, dass er mich meines Geldes wegen geheiratet hat, Natalie. Ich wusste es erst, nachdem du gegangen warst. Ich hätte wissen müssen, dass Kinder dasselbe zu dir gesagt haben. Ich wünschte, ich hätte es. Dann hätten wir reden können.“

„Du wusstest, dass sie das gesagt haben? Es muss hart gewesen sein.“

„Hart? Das alle dachten, dass dein Vater nur an meinem Geld interessiert war und nicht an meiner Schönheit oder meinem Charme?“ Lucille weitete ihre Augen in gespielter Überraschung und lachte dann. „Ernsthaft, Schatz, ich fand es schrecklich, aber du kannst nicht zulassen, dass die Meinung anderer dich definiert. Du musst deinen Kopf hochhalten und du selbst sein. Wenn du das tust“, sie zuckte lässig mit den Schultern, „dann schüttelst du einfach ihre Vorurteile ab. Sie haben nur Angst vor dem, was sie nicht wissen.“

„Ich wünschte, ich könnte so sein.“

„Aber das bist du. Du bist hierher zurückgekommen. Das war nicht einfach für dich.“

„Ich konnte nirgends mehr hin“, sagte sie.

„Das ist nicht wahr. Du bist ein kluges Mädchen und hast viele Möglichkeiten. Du hättest gehen können, wohin du wolltest. Aber du wusstest, dass deine Familie für dich da sein würde, egal was passiert.“

Lucille hatte recht. Natalie hatte nie bezweifelt, dass sie von ihrer Familie aufgenommen werden würde. Jedes Zögern, das sie hatte, war bezüglich ihrer eigenen Reaktion auf die Heimkehr gewesen. „Ich denke, ich bin ziemlich glücklich so. Auch wenn ich es nicht verdient habe, nachdem ich mich vor meiner Abreise so verhalten hatte."

„Natürlich hast du das!", sagte Lucille. „Du warst ein Kind, das versucht hat, sich selbst zu finden. Jetzt sieh dich an. Du bist Natalie Haynes, eine erfolgreiche Fotografin, und du wirst eine wundervolle Mutter sein."

„Rob will heiraten." Sie hatte es nicht so ausplaudern wollen, aber naja, es war passiert.

„Ach je. Das ist nicht gut." Lucille klang besorgt.

Natalie grinste sie an. „Du bist nicht auf seinen Charme hereingefallen?"

„Kind, ich kann eine Fälschung aus hundert Metern Entfernung erkennen. Dieser Mann interessiert sich für niemanden außer für sich selbst." Lucille trank ihren Drink aus und stellte das Glas mit einem dumpfen Geräusch auf den Boden neben der Bank.

„Ich habe natürlich Nein gesagt. Trotzdem ist er der Vater des Babys. Er könnte für eine sehr lange Zeit Teil meines Lebens sein."

„Du denkst nicht, dass dieses Leben in Playbook Springs stattfinden kann? Mit …"

„Mit?", flüsterte Natalie.

Lucille sah sie nur an.

„Mit Coop, meinst du?"

Lucille nickte.

„Er war großartig, aber er möchte nicht mit dem Kind eines anderen festsitzen. Er verdient es, eine eigene Familie zu haben."

„Hat er dir das gesagt?"

„Das muss er nicht. Ich kann sehen, was er nicht ausgesprochen hat. Außerdem gehöre ich nicht hierher, Lucille. Das habe ich nie."

Lucille fluchte leise und sah aus, als ob sie etwas sagen wollte, stoppte sich jedoch. Sie seufzte. „Also, was wirst du tun?"

„Ich wünschte, ich wüsste es."

„Natalie, du wolltest nie, dass ich dir eine Mutter bin, und das respektiere ich, aber lass mich dir einen mütterlichen Rat geben." Sie hielt inne und fuhr fort, mit Natalies Zustimmung. „Du bist eine der stärksten, unabhängigsten Frauen, die ich kenne. Du hast eine öffentliche Erniedrigung überlebt, die die meisten Menschen zerstört hätte. Du bist nicht in Anonymität verschwunden, wie du es hättest tun können; du bist hierher gekommen, in dein Zuhause, wo dich alle kennen, um zu heilen. Das zeigt mir, dass du schlau bist und intuitiv weißt, was das Beste für dich und dein Baby ist. Gleichzeitig bist du fürsorglich und mitfühlend, du musst dich nur öffnen und die Leute das sehen lassen." Sie bückte sich und küsste sanft Natalies Wange. „Ich habe Vertrauen in dich, dass du die richtige Entscheidung treffen wirst."

Natalie streckte die Hand aus und nahm Lucilles, bevor sie gehen konnte. Sie erhob sich und umarmte sie. „Danke für alles, Lucille. Dafür, dass du mich wie deine eigene Tochter behandelst. Dafür, dass du mir eine Mutter bist."

Lucille schniefte leicht und kramte in ihrer Tasche nach einem Taschentuch, um ihre Augen abzutupfen. „Jetzt schau mich an. Ich muss reingehen und mein Gesicht wieder in Ordnung bringen, bevor dein Vater mich sieht." Sie öffnete die Tür, drehte sich dann wieder um und flüsterte: „Danke."

KAPITEL 17

Coop schloss seine Haustür auf. „Hallo? Natalie, bist du zu Hause?" Er hatte nicht erwartet, dass sie da war, aber man konnte wenigstens hoffen. Brody hatte ihn früher angerufen, um zu sagen, dass sie allein zur Ranch zurückgekehrt war – was als positives Zeichen galt, dachte er. Aber warum war sie nicht in den Laden zurückgekommen oder hierher?

Er hatte darüber nachgedacht, sie anzurufen, entschied sich aber zu warten. Sie musste diejenige sein, die den nächsten Schritt machte. *Ihr Chef.* Das hing immer noch nach.

In seinem Laden war heute mehr los als sonst, aber er hatte nicht viele Verkäufe gemacht. Die meisten Besucher waren einfach nur Gaffer, die sehen wollten, ob DeMarco noch da war. Sogar erwachsene Frauen, im Alter seiner Mutter, um Himmels Willen, kicherten bei dem Gedanken, dass sie an derselben Stelle standen, an der der Idiot erst vor Stunden gestanden hatte.

Was machte der Schauspieler überhaupt hier? Er hatte kein Recht, in Natalies Leben zurückzukehren – nicht nach dem, was er ihr angetan hatte. DeMarco hatte gesagt, dass er sie zurückhaben wollte, aber Coop konnte nicht glauben, dass Natalie darauf reinfallen würde.

Sie liebte *ihn*. Oder nicht?

Ihr Chef? Was zum Teufel …?

Coop stolzierte in die Küche, öffnete den Kühlschrank und starrte auf den Inhalt. Natalie hatte ihn gut gefüllt – sicherlich besser als je zuvor, als er allein hier gelebt hatte. Er nahm den übriggebliebenen Hirtenkuchen heraus, den sie neulich gemacht hatte, und erhitzte ihn in der Mikrowelle. Er nahm sich eine Limo und trug sein Abendessen ins Wohnzimmer. Er warf einen Blick auf den Fernseher und erinnerte sich an all die anderen einsamen Abende, an denen er gedankenlos vor der Röhre geschlafen hatte, bevor er ins Bett gekrochen war.

Er hatte ein gesellschaftliches Leben vor ihr; ein ziemlich aktives sogar, erinnerte er sich. Aber gerade jetzt war es schwer zu verstehen, was er früher getan hatte, um seine Stunden zu füllen, bevor sie in sein Leben getreten war.

Er hörte ihren Schlüssel in der Eingangstür und flüsterte ein stilles Dankgebet.

„Coop?"

„Hier drinnen!", rief er zurück und schaltete den Fernseher aus. Er erhob sich vom Fernsehsessel, als sie das Wohnzimmer betrat. Er musterte ihr Gesicht und suchte nach einem Hinweis darauf, wie die Dinge mit DeMarco verlaufen waren. Nichts außer Erschöpfung zeigte sich in ihren Gesichtszügen. Sie war immer noch die schönste Frau, die er jemals gesehen hatte. Die Schwangerschaft gab ihrer Haut einen rosigen Schimmer, und obwohl sie über Schwellungen in ihren Händen und Füßen klagte, erschienen sie ihm immer noch feingliedrig. Der größte Teil ihrer Gewichtszunahme schien auf ihrem Bauch zu liegen – ein perfekter kleiner VW-Käfer. Er hatte den Witz neulich gemacht, als sie nach unten gekommen war und ein hellgelbes Sommerkleid getragen hatte. Der Witz hatte ihm einen finsteren Blick und ein paar auserlesene Worte eingebracht. Nun, er hatte sich für lustig gehalten. „Ich habe gerade ein paar Reste zum Abendessen aufgewärmt. Kann ich dir etwas bringen?"

„Nein, danke. Ich habe Zuhause gegessen."

Die Erleichterung, die er bei ihrer Ankunft verspürt hatte, schwand. Er hatte gedacht, das hier hätte allmählich begonnen, sich für sie wie ein Zuhause anzufühlen.

Sie sank in das Sofa und streifte ihre Sandalen ab.

„Willst du etwas Tee? Wasser? Irgendwas?"

„Nein." Sie lächelte schwach, lehnte sich zurück und schloss die Augen.

Er könnte ein starkes Getränk vertragen, hielt sich aber zurück, es zu sagen. Er setzte sich neben sie auf das Sofa und drehte sich um, damit er sie sehen konnte. Würde sie etwas sagen? Sollte er es zur Sprache bringen?

Die Anstrengung des Wartens verstärkte seine Angst mit jeder Sekunde.

„Rob sagte, er wolle eine Beziehung mit dem Baby", sagte sie schließlich und öffnete ihre Augen nicht.

Spannung gerissen. „Er hat kein Recht darauf!"

Natalie öffnete die Augen und sprach leise. „Er hat jedes Recht dazu. Er ist der Vater."

„Er hat dieses Recht aufgegeben, als er euch beide aufgegeben hat."

„Ich bezweifle, dass die Gerichte das auch so sehen werden." Sie klang müde. „Und glaub mir, er hat die finanziellen Mittel und den Egoismus, um aus jeder Opposition einen langwierigen Prozess zu machen. Nur haben sich die Dinge geändert. Ich bin mir nicht sicher, ob er *immer noch* eine Beziehung zu dem Baby haben will. Wir werden sehen."

„Aber was will er von dir?"

Zum ersten Mal, seit sie nach Hause gekommen war, schien sich ihre Stimmung aufzuhellen und ihre Augen blitzten belustigt auf. „Er möchte, dass wir heiraten."

Coops Herz schlug auf den Boden. *Heiraten?* „Aber du hast nicht …?" Der Schmerz in seiner Brust war so unerträglich, dass er Schwierigkeiten hatte zu atmen. Für eine flüchtige

Sekunde fragte er sich, ob sich ein Herzinfarkt so anfühlte? „Hast du?“

Ihre Augen verengten sich, überrascht über seine Frage. Sie schüttelte nachdrücklich den Kopf. „Nein.“

Coop schloss erleichtert die Augen. Soweit es ihn betraf, sollte Natalie bei ihm bleiben. Sie würden heiraten und gemeinsam das Baby großziehen. DeMarco konnte gelegentlich in die Stadt kommen – *oder wann immer sein Shooting-Zeitplan es erlaubte*. Coop kaufte ihm diese Ausrede immer noch nicht ab.

Coop wusste, was *er* wollte, das Natalie tut, aber er konnte ihr keine Entscheidung mehr aufzwingen. „Was wirst du machen?“

Seine Frage schien sie zu schmerzen. Sie sah auf ihre Hände, die auf ihrem Bauch ruhten. „Ich werde bei meinem ursprünglichen Plan bleiben. Sobald das Baby geboren ist, werde ich nach Osten ziehen und einen Job finden, um uns aushalten zu können. Ich habe einige positive Reaktionen von einigen der Magazine erhalten, denen ich mein Portfolio geschickt habe.“

Coop musste schwer schlucken und zwang sich, Zurückhaltung zu bewahren. Lucille hatte recht gehabt. Natalie wollte gehen. Die Erkenntnis, wie falsch er gelegen hatte – wie er es vermasselt hatte –, war ein Tritt in die Magengrube. „Willst du das wirklich machen?“

„Ich sehe keine andere Möglichkeit.“

„Bleib hier. Bleib bei mir.“

„Oh, Coop.“ Natalie streckte die Hand aus und berührte sein Gesicht. Er nahm ihre Hand und legte die Handfläche an seine Lippen. „Du hast schon so viel für mich getan. Ich kann deiner Freundschaft nicht mehr aufzwingen, als ich es schon getan habe.“

Coop ließ ihre Hand los und beugte sich näher heran. „Ich bin nicht dein Freund“, sagte er durch zusammengebissene Zähne. „Und ich bin nicht dein verdammter Chef.“ Ihre Augen weiteten sich und er hörte ihren Atem. Er machte ihr Angst. Er nahm ihr Gesicht zwischen seine Hände und milderte seinen Tonfall. „Ich liebe dich, Natalie. Ich will dich heiraten. Ich möchte, dass wir drei eine Familie sind."

„Aber du hast nie etwas gesagt", flüsterte sie.

War das eine Träne? Oh nein, er hatte sie zum Weinen gebracht. „Ich dachte, du wüsstest es."

Sie lehnte sich von ihm weg und wischte sich die Augen ab. „Woher hätte ich das wissen sollen? Du hast nie über die Zukunft gesprochen, über das, was nach der Geburt des Babys passiert."

„Weil ich ein Idiot bin." Zumindest brachte das ein Grinsen auf ihr Gesicht. „Ich hätte dir von Anfang an sagen sollen, dass das hier für mich noch nie etwas Kurzfristiges war."

„Schon seit dieser ersten Nacht, als ich dich im Laden verführt habe?" Sie sah skeptisch aus.

„Schon seit dieser Nacht." Er lächelte über die Erinnerung an sie in Arbeitsstiefeln, Gürtel und Sicherheitsweste. „Ich war bereit zu riskieren, die Wut deines Bruders zu ertragen, weil ich wusste, dass ich dich niemals wieder gehen lassen würde, wenn wir uns lieben. Er streichelte ihre Wange. „Und ich liebe dieses Baby auch, wenn du dir deswegen Sorgen machst. Ich bin vielleicht nicht der biologische Vater, aber ich fühle mich, als wäre sie schon meine Tochter."

„Oh, Cooper. Ich liebe dich auch. Ich wollte es nie. Du solltest nur eine Fantasie sein, aber die Realität, in der du bist, war mehr, als ich mir jemals hätte vorstellen können. Aber ich kann nicht bleiben."

„Was? Das ist verrückt. Du hast gerade gesagt, dass du mich *liebst*. Warum wirst du nicht bleiben?" Es schien ihm so einfach. Was hatte er verpasst?

„Das ist dein Zuhause. Das sind deine Leute. Ich gehöre nicht hierher. Ich bin keine von euch."

„Das ist nicht wahr." Worüber redete sie? Sie wurde hier geboren und war hier aufgewachsen. Ihre Familie war seit Generationen hier. Sicher, sie hatte in der High School eine harte Zeit durchgemacht, aber das war Jahre her.

„Denk darüber nach. Wenn ich bleiben würde, wie würde das mein Kind beeinflussen? Sie würde mit dem Stigma leben müssen, dass Rob uns nicht haben wollte. Du weißt, dass nichts im Internet jemals komplett verschwindet." Coop begann sie zu unterbrechen, aber sie legte ihren Finger auf seine Lippen, um ihn aufzuhalten. „Und dann gibt es da noch dich. Die Leute werden sagen, du bist nur mit mir zusammen, um mich und mein Baby vor der öffentlichen Schande zu retten – ein wahrer Cowboy-Held, nur dass in diesem Fall die Jungfrau in Not keine Jungfrau ist; und sie hat wahrscheinlich das Schlimmste verdient."

Coop griff ihre Hand und küsste jeden ihrer Finger. „Wen interessiert es, was die Leute denken? Wir lieben uns. Die Stadt wird das schon kapieren."

„Vielleicht, aber wann? Coop, ich kann nicht nur an mich denken, ich muss an mein Kind denken. Ich weiß mehr als jeder andere, wie grausam Menschen sein können und wie schwierig es ist, mit Gerüchten und Klatsch umzugehen, wenn man jung ist. Ich werde mein Kind das nicht durchmachen lassen. Ich muss irgendwohin gehen, wo uns niemand kennt und wo ich meinen eigenen Weg gehen kann."

„Du liegst falsch. Ich glaube nicht, dass jemand in Playbook Springs – mit der möglichen Ausnahme von Jenna – denkt, dass du verdienst, was dieser Idiot dir angetan hat. Hollywood ist tausend Meilen entfernt und der Einfluss von DeMarco ist hier unbedeutend."

„Es ist mir wichtig, dass ich mir selbst und allen anderen beweisen kann, dass ich es alleine schaffen kann; dass ich keinen Mann brauche, um erfolgreich zu sein."

„Selbst, wenn dieser Mann hier dich liebt und bei dir bleiben möchte?

„Das ist nicht fair!"

„Ich möchte nicht fair sein. Ich will, dass du bleibst." Coop schlang seine Arme um sie und zog sie an sich, erleichtert darüber, dass sie nicht versuchte, sich zu wehren. „Ich werde dich nicht zwingen, etwas zu tun, was du nicht willst", murmelte er in ihr Ohr, „aber du wirst die Stadt noch nicht verlassen, Natalie. Und ich werde alles tun, um dich davon zu überzeugen, dass wir zusammen gehören. Für immer."

KAPITEL 18

o war er hin?

Natalie stützte sich auf ihren Ellbogen und sah sich in Coops Schlafzimmer um. Er hatte sie nach oben geführt, aber sobald sie das Zimmer betreten hatten, hatte er ihr gesagt, dass sie sich eine Sekunde lang hinlegen sollte, und war verschwunden. Das war vor fünf Minuten.

Sie rollte sich auf den Rücken und erinnerte sich, dass der Druck des Babys das zu einer unbequemen Stellung machte, also rollte sie sich zurück auf die Seite.

Er liebte sie. Wie war das passiert? Noch vor kurzem hätte dieses Geständnis ausgereicht, damit sie in Playbook Springs blieb, aber Rob hatte sie an all die Gründe erinnert, warum sie das nicht konnte. Sie war hier eine Außenseiterin. Sie konnte und wollte ihr Kind nicht so leiden lassen, wie sie leiden musste.

Natalie legte ihre Hand auf ihren Bauch und fühlte eine winzige Bewegung der Zufriedenheit. Sie spürte, wie eine Welle der Liebe über sie hinwegwehte, und wusste, dass egal was kam, sie alles tun würde, um ihr Baby zu beschützen – selbst, wenn das bedeutete, Coop aufzugeben.

Ein Teil von ihr hatte gehofft, dass er vorschlagen würde, mit ihr mitzukommen, obwohl sie das nie zulassen würde. Aber er hatte es nicht einmal vorgeschlagen. Sie wischte die Tränen weg, genervt von sich selbst. *Reiß dich zusammen.* Das bedeutete nur, dass er bezüglich der gegebenen Situation realistischer war als sie. Er hatte hierher gehört und wusste, dass er nirgendwo anders glücklich sein würde – so wie sie wusste, dass sie hier nicht dazugehörte.

Wie er gesagt hatte, sie war ja noch nicht weg. Sie beabsichtigte, jeden Moment, den sie noch zusammen hatten, auszukosten.

Also, wo war er?

„Bist du bereit?", rief Coop aus dem Flur.

„Was machst du da draußen?"

Natalie gaffte, als er den Raum betrat. Sie schnaubte vor Lachen über sein Aussehen, aber gleichzeitig sah er wirklich sehr heiß aus. Er hatte ihr Outfit aus der Nacht kopiert, als sie ihn im Handwerkerladen verführt hatte, nur dass er außer der Weste und dem Werkzeuggürtel nichts trug. Sie riss die Augen von den Arbeitsstiefeln nach oben und betrachtete seine starken muskulösen Oberschenkel. Der Werkzeuggürtel war strategisch platziert, aber sie konnte erkennen, dass ihn der Kamerad darunter nach vorn drückte. Die Sicherheitsweste hing offen und enthüllte seinen perfekt gebräunten Bauch und die breite Brust. Der Helm war von seiner Stirn zurückgeschoben, genauso wie er seinen Cowboyhut trug. Er machte eine Pose, die Hände in die Hüften gestemmt, die Brust aufgebläht und ein breites Grinsen im Gesicht.

Aber seine Augen … Es war nichts Fröhliches oder Humorvolles an seinem Blick. Sie starrten sie mit einer Intensität und Leidenschaft an, die sich ihr in die Seele brannte.

Sie schluckte schwer, als er sich dem Bett näherte.

„Mir wurde gesagt, dass Sie einen Handwerker brauchen, Ma'am." Seine Stimme war heiser.

„Meine Bedürfnisse sind sehr spezifisch", sagte Natalie. „Ich hoffe, Sie haben das richtige Werkzeug für den Job mitgebracht."

Coop trat seine Stiefel von den Füßen und kroch aufs Bett, kniete sich vor sie hin. „Fühlen Sie sich frei, mein Werkzeug abzutasten, aber ich bin mir ziemlich sicher, dass ich habe, was Sie brauchen."

„Etwas hochnäsig, nicht?"

Er grinste und wackelte mit den Augenbrauen. „Zufriedenheit ist bei jedem Job garantiert."

Hitze überflutete ihren Bauch und sammelte sich zwischen ihren Schenkeln an. Sie streckte die Hand nach oben aus und zog seinen Kopf zu ihrem. Der Bauarbeiterhelm fiel auf den Boden.

Coops Mund war hart und fordernd und sie reagierte mit gleicher Leidenschaft. Ihre Finger fuhren über die feinen Stoppeln auf seinen Wangen, das stachelige, weiche Gefühl kitzelte ihre Fingerspitzen, und steigerte ihre Erregung.

Er ließ ihren Mund los und begann, Küsse über ihre Wange zu ziehen, und blieb an der empfindlichen Höhle hinter ihrem Ohr stehen. Sie hob ihren Nacken und schloss die Augen und wünschte, der Moment würde nie enden. Dann bewegte er sich über ihren Hals runter bis zum Schlüsselbein. Seine Hände gingen seinem Mund voraus und zeichneten eine Linie über ihren Hals und entlang der Öffnung ihrer Bluse. Sie begriff erst, wie geschickt er die Knöpfe gelöst hatte, als eine Hand ihre Brust umschloss, während die andere nach hinten griff, um ihren BH aufzumachen.

„So wunderschön", murmelte er.

Natalie zitterte vor Erwartung, als er mit seinen Daumen über ihre rosigen Nippel strich.

„Ich denke, sie werden noch größer", sagte er.

Sie sah hinunter und sah ihre Brüste aus seinen Händen quillen. „Gewöhn dich nicht daran, dass sie so groß sind. Nach dem Baby ..." Schmerz durchbohrte ihr Herz. Sie würde nicht lange genug da bleiben, damit er herausfinden konnte, welche Größe sie normalerweise hatten. Sie atmete tief ein und beugte ihren

Kopf, um seinen Kopf zu küssen, in der Hoffnung, dass er ihren Ausrutscher nicht bemerkt hatte.

Er hielt kurz inne, dann zog er seine Küsse an einer Brust hinunter und nahm die knospenartigen Nippel zwischen seine Zähne, zog sanft, während er mit seiner Zunge über die Spitze flackerte.

Sie wand sich und näherte sich ihm. Ihr Bauch rieb sich am Werkzeuggürtel und sie griff darunter, um ihn zu streicheln.

Sein Atem stockte, als sie ihn fester packte und rhythmisch zu pumpen begann. Dann setzte er seine Erkundung ihrer Brüste mit seinem Mund fort, während seine Hände ihren Bauch hinunterglitten und ihr bequemes, aber hässliches Umstandshöschen über ihre Hüften strich. Natalie trat sie von den Beinen, als sie an ihren Knien hängen blieben.

„Viel besser", sagte Coop und drückte ihre Schenkel mit der Hand auseinander. „Du bist so heiß." Er steckte einen Finger hinein und massierte ihre innere Wand. „Mehr?"

„Ja, bitte", flüsterte sie und hielt den Atem an, als er einen zweiten Finger in sie schob.

Als er anfing, die Reibung zu erhöhen, tat sie bei ihm dasselbe, bis er ihre Hand ergriff und sie still hielt. „Hey, Schatz, du solltest langsamer werden oder ich komme, bevor du überhaupt begonnen hast."

„Es ist mir egal", sagte Natalie, von seiner Unterbrechung wachgerüttelt. Sie mochte es, wenn sie die Kontrolle hatte. „Ich möchte dich befriedigen."

„Dafür wird es eine Menge Zeit geben." Er ließ sie los und rutschte ihren Körper hinunter. Er hob eines ihrer Beine über seine Schulter, zog seine Finger heraus und ersetzte ihn durch seine Zunge.

Dann wiederum gefiel es ihr auch, wenn er die Kontrolle hatte.

Sie versuchte die Flut ihres Orgasmus hinauszuzögern, aber Coops Finger und Zunge waren zu geübt. Er wusste genau, wo und wie er sie berühren musste, um die Spannung aufzubauen. Zu früh fühlte sie, wie sie im herrlichen Nichts verharrte, bis der verdammte Ausbruch ihr die selige Erlösung bescherte.

Coop bewegte sich ihren Körper hinauf und schlang seine Arme um sie.

„Dein Werkzeuggürtel bohrt sich in meinen Bauch", sagte Natalie, als das Zittern nachließ und sie endlich sprechen konnte.

„Oh, tut mir leid." Er sprang vom Bett und öffnete den Gürtel. Er fiel mit einem dumpfen Geräusch auf den Boden.

„Ist in Ordnung." Natalie deutete auf sein geschwollenes Glied. „Das ist das einzige Werkzeug, das ich wirklich brauche."

Coop zog die Weste aus und ließ sie auf den Werkzeuggürtel fallen. Er legte sich neben Natalie aufs Bett und rollte sich auf den Rücken. Sie hatten im Laufe der Monate viele Variationen des Liebesspiels ausprobiert – Stehen, Sitzen, Löffeln – aber angesichts ihrer Größe war das definitiv das Einfachste.

Natalie stemmte sich auf die Knie und sah auf ihn hinab, wie er im Liegen auf sie wartete. Ihr Herz lief vor Liebe zu diesem Mann über, der sowohl stark als auch sensibel sein konnte; der sich genauso um ihre Befriedigung kümmerte wie um seine eigene. Sie hätte nie gedacht, dass sie jemanden wie ihn finden würde. Lange Zeit glaubte sie nicht, dass Männer wie er überhaupt existierten, außer in ihren Fantasien.

Mit seiner Hilfe positionierte sie sich rittlings auf ihn und senkte sich dann langsam auf ihn. Sie schloss die Augen und freute sich auf das Gefühl, dass er sie gleich erfüllen würde. Sie beugte sich vor und gab ihm einen langen, anhaltenden Kuss.

Er hielt ihre Hüften fest, als sie begann, vor und zurück zu schaukeln, zuerst langsam und dann schneller und noch schneller. Ihr Atem wurde zerrissener, als sie sich auf die Reibung konzentrierten, mit der sie sich gegenseitig so viel Genuss verschafften. Natalie packte Coops Armmuskeln und hielt sich fest, als sie spürte, wie die Welle der Begierde in ihr aufstieg. Sie versuchte, sie zu dämpfen, aber sie glaubte nicht, dass sie es schaffen würde.

„Ich kann nicht mehr lange“, sagte Coop keuchend.

Gott sei Dank! Natalie erlag der Empfindung zur gleichen Zeit, als Coop seine Erlösung fand, und zusammen ritten sie auf dem Höhepunkt der Ekstase, bevor sie aufeinander zusammensackten, gesättigt und erschöpft.

Natalie rollte sich von Coop weg und legte sich neben ihn. Sie legte ihren Kopf auf seine Brust.

„Schon überzeugt?“, fragte er und fuhr sich mit den Fingern durch die Haare.

„Nein, aber du kannst es weiter versuchen.“

„Mach dir keine Sorgen, das werde ich.“

Natalie kniff die Augen zusammen und biss sich in die Innenseite ihrer Wange, um die Tränen zu stoppen, die aufkamen. Hatte sie das Richtige getan? Coop wäre ein ausgezeichneter Vater. Aber das wäre nicht genug, oder?

Es war egal, wie viel Liebe ein Kind bekam ... Wenn die Welt gegen einen war, war es vorausbestimmt, dass man Schmerz und Leid ertragen musste.

Wenn sie Coop doch nur unter anderen Umständen getroffen hätte. Vielleicht wenn sie zurückkommen und nicht schwanger gewesen wäre ... Nein! Sie wollte nicht darüber nachdenken. Dieses Baby war keine Last. Es war ein Segen. Es hatte sie wieder nach Playbook Springs gebracht und es hatte sie zu Coop geführt.

Egal, was passiert war, sie würde nichts anders machen. Sie hatte nicht gewusst, dass es möglich war, so vollkommen zu lieben und geliebt zu werden. Coop war ein Geschenk und sie würde ihre gemeinsame Zeit für immer im Herzen bewahren.

Sie drehte ihren Kopf, um zu ihm aufzusehen. Seine Augen waren geschlossen und sie konnte an seinem Atem erkennen, dass er eingeschlafen war. Er sah so vollkommen zufrieden aus.

Vorsichtig löste sie sich aus seinen Armen und Beinen und

ging zu ihrer Kamera. Sie würde noch ein Foto machen, um es mitzunehmen. Und dieses wäre ihr Wertvollstes, weil sie es anschauen und daran zurückdenken könnte, wie sehr sie sich einst geliebt hatten.

KAPITEL 19

Natalie ersetzte den Deckel der Mascara. Sie wünschte, sie hätte Lucille heute morgen um Hilfe gebeten.

„Bist du bereit zu gehen? Wir wollen nicht zu spät zur Eröffnung kommen", rief Coop von unten.

Sie betrachtete ihr Spiegelbild. Sie sah nicht schlecht aus. Sie hatte ihr übliches leichtes Rouge auf den Wangen, Lipgloss und Mascara aufgetragen, aber irgendwie schien es für heute unangemessen. Seltsam, weil sie sich wohl gefühlt hatte, mit weniger Make-up auf eine Hollywood-Party zu gehen. Natalie fuhr mit einer Bürste durch ihr Haar, zupfte an der ärmellosen Blumenbluse, die sich über ihren Bauch gezogen hatte, und strich dann den knielangen jadefarbenen Rock über ihre Hüften. Nun, *das wird reichen müssen*, seufzte sie und ging dann nach unten, um sich zu Coop zu gesellen.

„Du siehst umwerfend aus", sagte er, schlang seine Arme um sie und beugte sich vor, um sie auf den Kopf zu küssen. „Bereit?"

Sie zuckte mit den Schultern. „Ich denke schon."

Er trat zurück. Seine Augen verengten sich und sie sah eine tiefe Furche zwischen seinen Brauen, als er auf sie herabblickte. „Geht es dir gut?"

Sie nickte. „Bin nur ein bisschen nervös.“

„Es gibt absolut nichts, weswegen du nervös sein müsstest. Die Eröffnung wird großartig.“

„Ich weiß.“ Sie legte ein selbstsicheres Lächeln auf. „Du bist gestern Nacht ziemlich spät gekommen.“

„Ja, tut mir leid. Ich habe versucht, dich nicht zu wecken.“

Sie hatte Coop in den letzten Tagen gar nicht gesehen. Er und Will waren nach Cheyenne gefahren, um noch etwas wegen des denkmalgeschützten Geschenkeladens zu erledigen. „Ich hatte gehofft, du würdest mich wecken“, sagte Natalie verschmitzt. Sie hasste es, wie sehr sie ihn vermisste.

„Ich werde es mir für das nächste Mal merken“, sagte Coop, zog sie zurück in seine Arme und küsste sie.

Natalie wurde schwindlig, als er sie losließ. Wie könnte sie ihn jemals verlassen? Sie legte eine Hand auf ihren Bauch. *So.*

Coop nahm ihre Hand und gemeinsam gingen sie die kurze Strecke zum Handwerkerladen und Geschenkeshop.

„Sieh dir die Leute an, die schon hier sind!“, sagte Coop, als sie um die Ecke auf die Hauptstraße gingen.

„Juhu“, antwortete sie halbherzig.

Er kicherte und drückte ihre Hand. „Es wird gut.“

„Wenn du das sagst.“ Natalie wollte, dass die Eröffnung wegen Coop so erfolgreich wie möglich wurde. Die Idee vom Geschenkeladen war seine und es war ein wichtiger Teil seines und Brodys Plan, die Gemeinschaft wiederzubeleben. Er hatte seiner Vision vertraut. Sie hoffte, es war kein Fehler gewesen. Vielleicht wollte Playbook Springs wirklich den kitschigen Trödel, wie er es ursprünglich geplant hatte, und nicht die hochwertigen Kreationen lokaler Künstler, die sie ihm aufgezwungen hatte.

„Hattest du schon deine eine Tasse?“, rief Shirley, als sie auf sie zueilte, von wo sie einen Tisch mit frischem Gebäck, Kaffee, Tee und Saft aufgestellt hatte. Der Menschenmenge nach zu urteilen, machte sie ein großes Geschäft.

Natalie nahm den Pappbecher, den Shirley ihr hinhielt.

„Weißt du, Coop kann keinen Kaffee kochen." Sie nahm einen Schluck. „Perfekt. Vielen Dank."

„Ich habe so viel Aufregung nicht mehr gesehen, seit ein paar der Komparsen, die Django Unchained filmten, einen Wochenendausflug hier oben gemacht haben." Shirley beugte sich näher heran. „Ich bin zur Geheimhaltung verpflichtet, aber unter uns gesagt – es waren nicht nur die Extras, wenn du weißt, was ich meine." Sie zwinkerte und kehrte zu ihrem Tisch zurück.

Natalie wandte sich an Coop. „Wirklich? Hier in Playbook Springs? Wieso habe ich noch nie davon gehört?"

Coop zuckte die Achseln. „Das ist das Gerücht, aber wer weiß?"

„Seht ihr diese Menschenmasse?", fragte Perry, als Natalie und Coop ihn und Lucille gefunden hatten. Er küsste Natalie auf die Wange und schüttelte dann Coops Hand. „Gut gemacht, ihr beiden."

„Warte, bis du reinschaust", sagte Lucille. „Natalie hat einen tollen Job gemacht."

„Ich glaube, sie suchen nach uns", sagte Coop und deutete auf das Podium, wo Brody nach der enthüllenden Partei verlangte, die sich ihm anschließen sollte.

Mit Coops Hilfe stieg Natalie die Treppe hinauf, um sich Brody und dem Bürgermeister anzuschließen, und fühlte sich eher, als würde sie zu ihrer Hinrichtung gehen als zu einer Feier. Sie blickte zu der großen Leinwand auf, die das Schild des Geschenkeladens abdeckte. Sie hatten darüber diskutiert, wie sie ihn nennen sollten, und haben sich schließlich auf die einfache, wenn auch nicht einfallsreiche Playbook Springs Gallery and Gifts geeinigt.

Der Bürgermeister hielt die übliche Bla-Bla-Rede darüber, was für eine großartige Gemeinschaft Playbook Springs war und wie es kurz davor war, durch die neuen Initiativen, wie etwa den Geschenkeladen, noch so viel besser zu werden. Dann sprach Coop – Natalie hatte drum gebeten, nicht sprechen zu müssen –

und signalisierte, die Leinwand solle abgenommen werden. Es gab Applaus und dann folgte sie der Gruppe vom Podium und beobachtete, wie Coop und der Bürgermeister das Band durchschnitten und Playbook Springs Gallery and Gifts für offiziell eröffnet erklärten.

Drinnen lehnte sich Natalie an die Wand und beobachtete, wie sich der Geschenkeladen mit Einwohnern füllte. Sie fing Bruchstücke von Gesprächen auf: *Ich wusste nie ... So schön ... Ich kann es kaum erwarten, zu zeigen ... Ich muss das haben ... Kaum zu glauben, dass das kleine Playbook Springs so viel Talent hat ...* Es lief gut. Sie erlaubte sich endlich zu entspannen.

„Ist das ein Lächeln?", neckte Coop, als er vor ihr erschien. „Warum versteckst du dich hier?"

„Ich verstecke mich nicht. Ich beobachte." Sie sah sich um und erblickte Brody und Corey, die mit einer attraktiven jungen Frau sprachen, die einen handbemalten Schal kaufte. „Ich sehe Will nicht."

„Er ist letzte Nacht in Cheyenne geblieben. Er kommt heute später mit dem Gouverneur. Sie werden heute Nachmittag zum Barbecue hier sein."

„Der Gouverneur?" Natalie schnürte es die Luft ab. „Hier?"

Coop lachte. „Sicher, warum nicht? Das ist eine große Sache für diese Gegend."

Natalies Schmetterlinge kamen wieder zurück.

„Hey." Coop legte einen Finger unter ihr Kinn und küsste sie sanft. „Entspann dich. Du hast es geschafft. Der Geschenkeladen ist ein Hit in der Stadt und das ist entscheidend für unseren Erfolg."

„Ich weiß." Natalie war sich der Bedeutung für die Wirtschaft bewusst. Wenn die Stadt ihre lokalen Unternehmen nicht unterstützte, dann konnte sie auch dem Tourismus nicht standhalten.

„Hallo, hallo, hallo, Natalie, Liebes."

Natalie sah auf und sah Delores Lippman winken, während sie auf sie zueilte.

„Ich lasse diese zwei Damen bei dir", sagte Coop und gab Mrs. Lippman einen Kuss auf ihre Wange, bevor er in der Menge verschwand.

Mit seinen Küssen ist er ziemlich freigiebig, dachte Natalie sarkastisch, aber als sie die Röte der Freude auf den Wangen der älteren Frau sah, vergab sie ihm. „Wie läuft es, Frau Lippman?"

„Ich habe meine Teewärmer fast alle verkauft", sagte sie und ihre Wangen wurden noch rosiger. „Bei diesem Tempo muss ich vielleicht jemanden einstellen, der mir hilft, sie zu stricken."

„Das ist wunderbar."

„Und ich habe über deinen Vorschlag nachgedacht, meine, äh, sozusagen mein Sortiment zu erweitern." Sie hielt ihr eine kleine Geschenktüte hin. „Sag mir, was du davon hältst."

Natalie nahm sie an sich und versuchte, nicht zusammenzuzucken, als sie sich an ihr Gespräch mit Brody über gestrickte Pasties und Strings erinnerte. Sie öffnete die Tasche und zog ein aufwendig gehäkeltes weißes Taufkleid mit goldenem Band heraus. „Oh, es ist schön."

„Es gefällt dir? Ja wirklich?"

Sie nahm es genauer unter die Lupe. „Es ist atemberaubend."

„Oh, gut." Mrs. Lippman klang erleichtert. „Es ist für dich. Naja, eigentlich für dein Baby."

„Sind sie sicher?" Natalie war überwältigt. „Sie könnten es verkaufen …"

„Sei nicht albern. Ich kann mehr davon machen, wenn du denkst, dass die Leute sie haben wollen. Ich wollte dir etwas Besonderes schenken als Dankeschön für alles, was du für mich und für die Stadt getan hast. Wir sind so glücklich, dass wir dich haben." Sie sah zu jemandem rüber, der anscheinend versuchte, ihre Aufmerksamkeit zu bekommen. „Oh, ich glaube, ich werde meinen letzten Teewärmer verkaufen." Sie eilte davon.

Natalie legte das Taufkleid zurück in die Tüte. *Wir sind so glücklich, dass wir dich haben.* Das hatte sich gut angefühlt.

Wenn Frau Lippman Erfolg hatte, hatten es vielleicht auch die anderen. Sie holte tief Luft und trat in die kreisende Horde ein, um es herauszufinden.

Natalie wusste, dass die Menschenmengen nicht unbedingt gleich waren, aber als sie mit jedem der Künstler sprach, hörte sie die gleiche positive Reaktion. Sie waren alle sehr zufrieden damit, wie die Bewohner ihre Arbeiten angenommen hatten, und ihre Verkäufe am ersten Tag übertrafen ihre Erwartungen bei weitem.

Aber es war die Reaktion der Kunden, die sie am meisten überraschte. Sie konnte kaum zwei oder drei Schritte gehen, ohne dass jemand sie am Weitergehen hinderte, um ihr zu sagen, wie sehr sie schätzten, was sie für die Stadt getan hatte; wie glücklich sie waren, dass sie zurückgekommen war; und ihr und dem Baby alles Gute zu wünschen.

„Ich fühle mich wie in einem Traum", sagte Natalie, als Lucille sie eingeholt hatte und fragte, wie es ihr geht. „Jeder ist so …" Sie war völlig von den Emotionen überwältigt und konnte die Worte nicht finden, um sich angemessen auszudrücken.

„Einladend? Dankbar? Unterstützend?", schlug Lucille vor. „Ich bin nicht überrascht. Du hast hier etwas Wunderbares auf die Beine gestellt."

„Ich wusste nie …" Sie wischte sich die Augen ab. „Ich werde ein blöder Idiot. Müssen die Schwangerschaftshormone sein."

Lucille schlang einen Arm um ihre Schultern und machte mit ihrem anderen Arm einen weiten Bogen. „Sieh dich um. Du hast das auf die Beine gestellt. Du hast auch allen Grund dazu, emotional zu werden."

Vielleicht könnte sie doch hier bleiben und sich mit Coop ein Leben aufbauen? Vielleicht waren ihre Befürchtungen, dass ihr Baby ein Ausgestoßener werden würde, dass Gerüchte über sie und Coop verbreitet werden und die Kindheit ihres Babys ruinieren würden, wirklich nur ein Produkt ihrer Angst, weil sie befürchtete, wieder verletzt zu werden. Schließlich würde ihr Baby sie und Coop und Natalies Familie haben und von ihnen

Liebe und Unterstützung bekommen. Das Baby würde Mrs. Lippman, Will, Corey und ein paar andere Freunde haben.

Sie hätten einander. War das nicht das einzige, was zählte?

„Denkst du …" Natalie blieb stehen und hatte Angst, die kleine Hoffnung auszudrücken, die sie begonnen hatte zu fühlen.

„Denke ich was, Liebes?"

„Du weißt schon."

„Du musst es laut aussprechen. Sei es auch darum, dass du es mal selbst hörst."

Natalie sah sie stirnrunzelnd an. Sie klang mehr und mehr wie eine Mutter. Überraschenderweise störte sie das nicht. Sie seufzte dramatisch. „Glaubst du, dass ich in Playbook Springs glücklich sein kann?"

Ihre Gedanken wirbelten herum. Würde sie zufrieden damit sein, den Geschenkeladen zu leiten? Was ist mit ihrer Fotografie? Aber sie würde Coop und ihr Baby haben. Und ihren Vater und ihren Bruder und Lucille und Will und Corey und – sie sah sich im Raum um – Shirley und Mrs. Lippman und alle anderen.

Lucille umarmte sie. „Ich denke, du hast deine eigene Antwort schon herausgefunden."

„Da bist du", sagte Coop und erschien wieder wie durch Magie an ihrer Seite. „Das Auto des Gouverneurs kommt gerade."

„Warte, ich habe dir etwas zu sagen", sagte Natalie, besorgt, ihre Offenbarung mitzuteilen.

„Kann es warten? Wir müssen nach draußen gehen, um ihn zu begrüßen."

Sie sah Lucille an, die die Schultern zuckte. Coop würde ja nicht verschwinden. Sie konnte es ihm später sagen. „Okay, dann los."

Nachdem sie dem Gouverneur den Geschenkeladen gezeigt hatte, wartete Natalie ungeduldig, während er zur Menge draußen sprach. Sie wollte Coop alleine erwischen, damit sie ihm sagen konnte, dass sie beschlossen hatte, zu bleiben. Wie lange noch würde der Gouverneur weiterreden?

Aus dem Getöse seiner Rhetorik hörte sie ihren Namen und sah verlegen auf, weil sie dem, was er sagte, nicht zugehört hatte. Sollte sie antworten? Sie blickte hektisch zu Coop hoch. Er schenkte ihr ein rätselhaftes Lächeln, als er ihre Hand nahm und sie auf das Podest führte, um sich zum Gouverneur zu stellen. Die Menge jubelte wild. Was war passiert?

Sie drehte sich um. Will hatte eine Reihe von Staffeleien aufgestellt, die vergrößerte Kopien einiger ihrer Fotografien zeigten. Manche hatte sie wegen Brody von der Ranch mitgenommen, während andere lokale Fotos waren, die sie in die Portfolios mit aufgenommen hatte, die sie an Zeitungen und Zeitschriften im Osten geschickt hatte. Was machte er mit ihnen?

„... sehr talentierte Fotografin und ich freue mich, ihr die inoffizielle Position als State Photographer anzubieten. Für das nächste Jahr oder so – nachdem sie ihr Baby bekommen hat, denke ich ...“ Die Menge pfiff und applaudierte und der Gouverneur wartete, bis sie sich beruhigt hatten, ehe er fortfuhr. „Miss Haynes Aufgabe wird es sein, das „echte“ Utah in all seiner Pracht zu fotografieren. Einige der Fotos werden für touristische Werbung verwendet, aber unser ultimatives Ziel ist es, ein schönes Kaffeetischbuch zu produzieren, um unseren Staat zu fördern.“

Kaffeetischbuch? Natalie drehte sich um und sah Coop an, dessen Gesichtsausdruck sich von selbstgefällig zu siegreich verwandelt hatte. Sie hatte ihm von ihrem Traum erzählt und er erinnerte sich, genau wie Rob. Aber im Gegensatz zu Rob hatte er an die Möglichkeit geglaubt. Er hatte Schritte unternommen, um ihr zu helfen, ihren Traum zu verwirklichen.

Sie bemerkte, dass alle darauf warteten, dass sie antwortete. Sie trat zum Mikrofon. Sie nahm an, dass sie dem Gouverneur dankte und die Position akzeptierte, aber ihre Erinnerung an das, was sie gesagt hatte, war verschwommen.

Sie erinnerte sich an mehr Jubel, viele Umarmungen und dann war alles vorbei. Die Autokolonne des Gouverneurs fuhr davon und sie konnte zum ersten Mal seit heute früh mit Coop allein sein. Er nahm ihre Hand und führte sie durch den Baumarkt in sein Büro.

„Du wolltest mit mir über etwas reden?", sagte er.

„Was? Oh, das kann warten." Sie war sich nicht sicher, was gerade passiert war. „Du hast alles arrangiert. Coop. Ich kann dir nicht genug danken."

„Du musst mir nicht danken. Sag mir einfach, dass du bleibst."

„Oh, ich bleibe", sagte Natalie. „Aber ich hatte das schon entschieden, bevor du diese wundervolle Geste gemacht hast. Bevor ich die Stelle beim Gouverneur angenommen habe. Das wollte ich dir sagen."

„Du meinst, ich hätte das überhaupt nicht tun müssen?"

Natalie lehnte sich an seine Brust. „Nein, aber ich bin froh, dass du es getan hast. Es wird eine tolle Geschichte für unser Baby sein."

„Apropos", Coop setzte sich auf und fischte in die Vordertasche seiner Jeans. „Ich habe etwas geholt, als ich in Cheyenne war." Er zog eine kleine schwarze Samtschachtel hervor und hielt sie ihr hin. „Ich würde es lieber früher als später tun, aber es liegt an dir, ob wir vor oder nach der Geburt des Babys heiraten."

Natalies Augen verengten sich. „Soll das ein Antrag sein?"

„Wir werden doch heiraten, oder? Du sagtest doch, dass du mich liebst, und ich liebe dich."

Ihr Herz schlug so schnell, dass sie glaubte, sie würde ohnmächtig werden. *Das passiert wirklich.* Obwohl Coop nicht der erste Mann war, der um ihre Hand anhielt, war dies definitiv der Antrag, an den sie sich erinnern wollte. „Ich liebe dich, aber ein Mädchen erwartet irgendwie, gefragt zu werden, und nicht, es mitgeteilt zu bekommen."

Er grinste und erinnerte sich an das Gespräch, das sie geführt hatten, als er sie das erste Mal gefragt hatte. „Fein. Natalie Haynes, willst …"

„Knie!"

„Was?“

„Hör zu, wenn das ein Heiratsantrag ist, musst du es richtig machen. Du musst auf die Knie gehen und mich richtig fragen.“

Coop atmete frustriert aus. „Okay.“ Er glitt von der Couch und stellte sich vor ihr auf. Er öffnete die Schachtel und nahm ihre Hand. „Miss Haynes, würden Sie mir die große Ehre erweisen, meine Frau zu werden?“

Natalie starrte auf den Diamantring. „Wow, er ist so schön.“

Coop klappte die Schachtel zu. „Achte auf die Regeln. Ja oder Nein, Miss Haynes?“

Natalie grinste. „Ja, natürlich.“

Coop johlte und stieg wieder auf die Couch. Er steckte ihr den Ring auf ihren wartenden Finger und schlang seine Arme um sie. Sie lehnte sich an ihn zurück, glücklicher, als sie sich jemals hätte vorstellen können. Sie blickte auf den Ring hinunter und bewunderte, wie das Licht auf dem diamantenen Gewölbe tanzte. Unter ihrer Hand streckte sich das Baby und beruhigte sich, bereit, seine Zeit abzuwarten, um sich ihrer Familie anzuschließen.

„Hast du dieses Mal daran gedacht, was zu essen für mich einzupacken?", rief Natalie Coop zu.

„Essen?" Coop eilte zum Treppenabsatz und sah panisch zu ihr auf.

„Ich hab's!", rief Lucille aus der Küche.

Natalie hielt den Handlauf und ging die Treppe hinunter. „Erinnerst du dich an letztes Mal? Du hast alles gegessen, während du gewartet hast, und für mich war nichts mehr übrig, als ich endlich Hunger hatte."

Coop sah schuldbewusst nach unten. „Wie sollte ich wissen, dass sie die Küche schließen würden?"

„Wir haben einen Picknickkorb gepackt, in dem mehr als genug Essen für euch beide sein sollte, egal wie lange es dauert." Lucille kam aus der Küche, die zweijährige LucyMay hing an ihrer Hüfte.

Eine Wehe durchzuckte sie und Natalie beugte sich vor, umklammerte ihren Bauch und zählte die Wehe ab.

LucyMay rutschte in sich zusammen und tapste zu ihr hinüber. „Mama okay?"

Natalie starrte in die Augen ihrer Tochter, dunkelbraun, wie bei ihrem Vater. Aber der Rest von ihr gehörte Natalie. Rob war verblüfft gewesen, dass er eine Tochter gezeugt hatte, aber bis jetzt hatte er es geschafft, ein regelmäßiger, wenn auch seltener Teil ihres Lebens zu sein. Er kam gern zu kurzen, unangekündigten Besuchen vorbei und hatte nie vorgeschlagen, LucyMay mit nach Hollywood zu nehmen. Das passte Natalie gut. „Ja, Süße, Mama ist okay."

LucyMay, benannt nach Lucille und May, Natalies Mutter, quietschte, als Coop sie in seine Arme hob und mit ihr durch den Raum fegte. „Dein kleiner Bruder oder deine Schwester, die herauskommen und mit dir spielen wollen, klopfen an Mamas Bauch."

„Noch mal, Papa!", verlangte LucyMay, als Coop sie hinstellte.

„Nicht jetzt", sagte Coop. „Ich muss Mama ins Krankenhaus bringen."

„Kann ich mitkommen?", fragte LucyMay.

„Nein, Liebling." Lucille streckte dem Kind die Hand entgegen. „Oma wird dich auf die Ranch bringen. Opa und Onkel Brody haben eine Überraschung für dich."

„Was für eine Überraschung?", fragte Natalie misstrauisch.

Lucille zuckte die Achseln und sah schnell weg.

„Sie haben doch nicht etwa ..." Natalie wandte sich an Coop, der gerade den Picknickkorb untersuchte. „Wusstest du davon?"

„Hat nicht jedes kleine Cowgirl ein Pony verdient?" Coop sah unschuldig zu ihr auf.

„Ein Pony!" LucyMay sprang auf und ab. „Für mich? Komm schon, Omi." Sie zog an Lucilles Hand.

„Unglaublich!", sagte Natalie und warf ihre Hände in die Luft.

„Bist du sauer?" Coop kniff besorgt die Augen zusammen.

„Natürlich bin ich das. Ich habe mein eigenes Pony erst mit fünf bekommen."

„In Ordnung, ich werde das kleine Fräulein zur Ranch bringen. Du rufst mich an, Coop, sobald das Baby geboren ist." Lucille gab Natalie und Coop einen Kuss und erlaubte LucyMay, sie wegzuführen.

„Ihr eigenes Pony, wirklich?", sagte Natalie.

„Es war die Idee deines Vaters. Brody und ich haben dafür gesorgt, dass wir ein sehr friedliches bekommen. Sie wird vollkommen sicher sein."

Natalie krümmte sich erneut, als eine Wehe kam. Coop schlang seine Arme um sie und zählte mit ihr ab.

„Die Abstände werden kürzer. Wir sollten los." Er hob Natalies Reisetasche und den Picknickkorb an.

„Warte! Meine Kamera." Natalie ging ins Hinterzimmer, um sie zu holen.

„Ich halte nicht auf dem Weg ins Krankenhaus an, um Bilder von irgendjemandem zu machen, egal wie interessant sie sind", warnte Coop.

„Dafür ist sie nicht da", sagte Natalie und haute ihm spielerisch auf die Schulter, obwohl seine Kritik nicht unberechtigt war. Ihr Kaffeetischbuch war vor sechs Monaten veröffentlicht worden und war so erfolgreich gewesen, dass sie Angebote von Städten und Staaten im ganzen Land erhalten hatte. Sie hatte kürzlich einen Vertrag mit einem kommerziellen Verlag unterschrieben, um ein Buch über die „Gesichter von Utah" zu machen. „Ich möchte ein Foto von dir machen, wie du unser neues Baby hältst." Sie würde es in ihrem Schlafzimmer aufstellen, wo sie ihre anderen besonderen Fotos aufgestellt hatte, einschließlich der, die sie von ihm gemacht hatte, auf dem er sich ein Foto von ihr ansah, als sie mit LucyMay schwanger war, und eines, auf dem er schlief, nachdem er ihr zum ersten Mal seine Liebe gestanden hatte. Sie hatte in den letzten zwei Jahren noch ein paar andere hinzugefügt: ihre Hochzeit, LucyMays erster Geburtstag und Lucilles erstauntes Gesicht in dem Moment, als sie ihr erzählten, dass sie ihr Baby nach ihr benennen würden.

Coop schob die Kamera über den Arm, führte Natalie zum Truck und half ihr in die Kabine. Sie lehnte sich gegen das Leder und staunte darüber, wie wunderbar ihr Leben war. Sie war vor zweieinhalb Jahren nach Hause gekommen und hatte sich verzweifelt und gebrochen gefühlt. Coop hatte ihr nicht nur geholfen, zu heilen, er hatte ihr ein Leben gegeben, von dem sie nie zu träumen gewagt hätte. Seinetwegen war sie eine Frau; eine Mutter; eine Schwester; eine Tochter; eine Freundin. Sie war eine Liebhaberin. Sie war eine Künstlerin. Sie war eine Frau, die liebte und vollkommen geliebt wurde. Wer hätte jemals gedacht, dass sie in Playbook Springs ihr Glück finden würde?

Coop drehte den Schlüssel um und schaltete den Motor ein. „Bist du bereit, die Cooper-Haynes Familiendynastie zu erweitern?"

Natalie drehte sich um und sah ihn an. Dunkles Haar ragte unter seinem Cowboyhut hervor, ernste, blaue Augen, perfekte Hollywood-Stoppeln auf den Wangen und ein Lächeln, das ihr das Gefühl gab, dass sie alles erreichen konnte. Er war immer noch der heißeste Kerl, den sie jemals getroffen hatte; ihre Fantasie wurde wahr. „Ich war noch nie im Leben mehr bereit."

Vielen Dank, dass **Der Cowboy, der mich liebt** gelesen haben. Wenn Ihnen die Figuren gefallen haben, dann lesen Sie unbedingt auch Virnas andere moderne, erotische Liebesromane!

Küss mich fur immer (Kiss Talentagentur, Band 1): Im Folgenden finden Sie einen Auszug zum reinschnuppern. Viel Spass!

Und haben Sie eigentlich schon mit den O'Neill-Brüdern Quinn, Conor,

Brady, Riley und Sean Bekanntschaft gemacht?

Fünf sexy Brüder ziehen in die kalifornische Idylle.
Finde Dein nächstes Lieblingsbuch!
<u>Die Serie, Heimkehr nach Green Valley</u>

Ein Newsletter speziell für meine deutschen LeserInnen.
Erfahren Sie alles über Neuerscheinungen und
Geschenkaktionen! <u>http://virnadepaul.com/deutsch-newsletter/</u>

Schließen Sie sich unserer Facebookgruppe "<u>Deutscher Buch-
Harem</u>" in der wir über Bücher und die Charaktere darin
diskutieren. Außerdem gibt es tolle Geschenke!

Küss mich fur immer

KAPITEL EINS

Julia

Leckende, saugende Geräusche bahnen sich einen Weg in meinen Gehörgang und ein gelegentliches, leises Stöhnen sickert hindurch. Mein Fokus liegt einzig und allein auf dem Mann vor mir und dem Wissen, dass ich ihn fast vor Genuss in die Knie gezwungen habe. Er stöhnt herzhaft, während seine Zähne knabbern und seine Zunge schnipst. Seine Kehle arbeitet, als er schluckt, und seine Finger sind glitschig. Glatt. Suchend.

Mein Körper schaudert.

Vor Ekel.

„Hey, hast du noch mehr Chicken Wings?", fragt Joe Miller.

Joe ist einen Meter fünfundneunzig groß und ehemaliger Profi-Footballspieler, der jetzt an der örtlichen Highschool unterrichtet. Er lässt sich die Kostproben schmecken, die ich in Cooper's Supermarkt & Drogerie aushändige, und leckt sich noch immer die Soße von den Fingern, als wäre er ein Kleinkind und kein erwachsener Mann.

Ich versuche, keine Grimasse zu ziehen. Denn ich weiß, dass ich keine Chicken Wings mehr habe, will aber nicht, dass sich Joe beim Manager über zu kleine Portionen beschwert.

Das kommt davon, wenn man nach einer Beförderung fragt. Statt hinter der Kasse zu arbeiten, verdiene ich nun einen Dollar mehr pro Stunde, indem ich als kulinarisches Äquivalent derjenigen arbeite, die vorbeigehende Passanten mit Parfum besprühen. Ich schiele zu den Ausstellungsproben – mein doppeltes Angebot aus Kokosnuss-Curry-Wings und Spargel soll sowohl Gesundheitsfreaks als auch abenteuerliche Esser begeistern. Ein einsamer Chicken Wing liegt auf einem rot-weiß-karierten Papierteller, der so aussieht wie die Pommes-Frites-Schalen an der Tankstelle, nur kleiner. Ein identisches Tablett beinhaltet portionierte grüne Stängel der Gesundheit (ich sage ihnen ständig, dass roher Spargel nicht essbar sei, aber niemand hört auf mich).

Joe schaut nicht mal in die Richtung des Spargels und ich kann es ihm nicht verübeln.

Ich bin kein Fan von Curry, aber wenn etwas verdammt vielen Kalorien hat – jederzeit.

Joe beäugt die winzige Chicken Wing Probe, als würde er berechnen, ob es sich lohnt, sie zu essen, oder ob er mich darum bitten soll, nach hinten zu gehen und größere zu holen. Ich lächele, hoffe, dass er weggeht.

Meine Füße fühlen sich an, als stünde ich seit fünf Jahren ohne Pause an dieser Stelle, aber ich weiß, dass das nicht stimmt. Ich habe sie an Kasse Drei verbracht – deshalb kenne ich fast jeden, der hier durch die Tür kommt.

Es könnte schlimmer sein. Es könnte so sein, wie es damals war, als all meine Freunde von der Highschool ihren Abschluss am College machten und nach Hause kamen, um ihre Sachen zusammenzupacken und dort hinzuziehen, wo es sie als nächstes hin verschlug, sei es zur Gradschool oder zu tollen neuen Jobs.

Wenn ich daran denke, dass ich hier festsitze, erinnere ich mich daran, dass ich zumindest für Mr. Cooper, den Besitzer, arbeite, auch wenn ich der neuen Managerin, die er kürzlich eingestellt hat, She-Hulk, nicht gerade freundlich gegenüberstehe. Cooper's gehört einer Familie aus der Gegend und Mr. Cooper hat mir eine Chance gegeben, als niemand sonst es wollte. Außerdem: Ich werde hier nicht für immer arbeiten müssen, um meinen Lebensunterhalt zu verdienen.

Gott, bitte lass das nicht für immer mein Leben sein.

„Hier, Joe", sage ich schließlich, da Joe offensichtlich nicht gehen wird, bevor ich seinen Appetit nach mehr Wings gestillt habe. Ich händige ihm das kleine Tablett samt Hähnchenflügel aus, außerdem mehrere Servietten.

Er schiebt den Flügel mit einem Bissen in seinen Mund.

Sofort bedeckt Soße sein Gesicht und tropft auf das graue T-Shirt, das er trägt und bereits von vorhin Soßenflecken aufweist. Wieder einmal unterdrücke ich eine Grimasse, als er am Knochen saugt. Es klingt wortwörtlich so, als würde er sein Essen inhalieren.

„Danke." Joe gibt mir das leere Tablett zurück, anstatt es in den Mülleimer vor uns zu werfen.

Ich blicke auf das Tablett, keine Knochen in Sicht, und dann zurück zu Joe. Ich will ihn fragen, ob er die Knochen gegessen hat, doch dann passiert ein Mann meinen Stand und ich bin sprachlos.

Ich bin sprachlos, punkt.

Ich reagiere genauso wie die letzten fünf Male, als ich ihn gesehen habe.

Nein, ich kenne seinen Namen nicht, aber ja, ich weiß genau, wie oft er im Laden war, zumindest während meiner Arbeitszeiten. Zum ersten Mal kam er vor etwa zwei Monaten, an verschiedenen Tagen und Uhrzeiten, um die Vitamine unter die Lupe zu nehmen.

Er ist groß. Schwer, muskulös und außerordentlich gutaussehend mit kurzem, dunklem Haar und kantigen Gesichtszügen. Er trägt ein ausgeblichenes T-Shirt, das seinen straffen Oberkörper betont, und eine Jeans, die ein beeindruckendes Paket und einen festen Arsch bedeckt. Obwohl er lässig gekleidet ist, strahlt er Selbstsicherheit und Stärke aus.

Er hat noch nie ein Wort mit mir gewechselt. Noch nie in meine Richtung geschaut. Er könnte der größte Arsch auf dem Planeten sein und das wäre eine verdammte Schande, denn ich denke gerne, dass er innerlich genauso wunderschön ist wie äußerlich.

Jedes Mal wenn ich ihn sehe, überkommt mich ein vertrautes Gefühl, aber ich weiß nie, warum. Ich verbringe viel Zeit damit, davon zu träumen, wovon er lebt. Und jedes Mal ende ich damit, ihn als eine Art Filmstar zu betrachten, obwohl ich mir nicht vorstellen kann, was er dann in Rutherford tun würde, vor allem in diesem Viertel.

Er sieht jedenfalls wie ein Filmstar aus, mit kräftigem Kiefer und hohen Wangenknochen, die jedes Mädchen zum Kreischen bringen würden. Und dunkle Augen, die sogar aus der Ferne jeden, der so viel Glück hat, im Kreuzfeuer zu landen, verführen und ertränken können.

Heute jedoch überkommt mich die Vorstellung von ihm in schickem Anzug samt Krawatte als absoluter Herrscher eines Bürogebäudes irgendwo in gewaltigen Höhen von Downtown Rutherford.

„Mädchen, er spielt so weit außerhalb deiner Liga."

Ruckartig drehe ich mich zu der Seite, aus der die Stimme kommt. Joe ist weg, dafür steht da nun Kevin, mein bester Freund, Kollege und stetiger Befähiger. Er ist groß und dünn und seine Augen gleichen den meinen so sehr, dass sich schon viele gefragt haben, ob wir Geschwister sind. Sein Haar ist vorsätzlich zerzaust und sein Shirt immer gebügelt. Er ist von Kopf bis Fuß peinlich sauber. Normalerweise ist er der stereotypische schwule, beste Freund, von dem jedes Mädchen träumt, aber verdammt noch mal, er lenkt mich von Big Sexy ab und ich weiß, dass dieser bald gehen wird. Er bleibt nie lange.

Ich habe noch nie jemandem von meiner intensiven Reaktion ihm bezüglich erzählt, nicht einmal meinem besten Kumpel. Doch eins ist sicher: Ob Big Sexy ein netter Kerl ist oder nicht, Kevin hat recht – er spielt weit außerhalb meiner Liga. Das bedeutet nicht, dass ich ihn nicht bewundern sollte, solange ich kann.

„Danke, Kevin", sage ich mit ausdruckslosem Gesicht. „Danke, dass du eine Abrissbirne mitten in mein Selbstbewusstsein schlägst."

„Ich versuche nur, dich vor Kummer zu schützen."

„Kummer? Ich habe ihm schöne Augen gemacht, was vermutlich die meisten tun. Ich verliebe mich ja schließlich nicht in..."

„Diesen Arsch?" Er schielt genau wie ich zurück zu Big Sexy. Während wir ihn beobachten, kauert sich Big Sexy plötzlich auf den Boden, um die Vitamine im untersten Regal zu begutachten. „Dieser Arsch ist es wert, sich in ihn zu verlieben", fügt Kevin hinzu.

„Er spielt nicht in deiner Liga, Kevin", werfe ich zurück. Dann kichere ich leise. „Warum starten wie diese Endlosdebatte wegen eines totalen Fremden?"

„Wegen dieses Arsches!"

Ich schaue noch einmal verstohlen hin. „Das ist ein schöner Arsch."

„Gott hat etwas mehr Zeit mit diesem Hinterteil verbracht."

„Und dem Lächeln."

„Woher willst du wissen, wie es aussieht, wenn er lächelt?"

„Wie du weißt, habe ich eine blendende Vorstellungskraft."

„Stellst du dir sein Lächeln vor oder nach dem Sex mit dir vor?"

„Beides, natürlich." Spielerisch stoße ich seine Schulter an, doch schon bald liegen unsere Blicke wieder auf Big Sexy.

„Kevin Dorsey zum Kundendienst." She-Hulk ruft Kevin über die Sprechanlage aus. „Kevin Dorsey zum Kundendienst."

Er stöhnt, geht aber ohne zu zögern weiter. She-Hulk erwartet Pünktlichkeit in allen Aspekten des Jobs – vor allem wenn sie uns zusammenscheißen will. She-Hulk (tatsächlicher Name: Sheila) – groß, blond und schlank – ist gut in ihrem Job, aber ihre Stimmung schwingt hin und her wie ein Pendel. Man weiß nie, woran man bei ihr ist.

Als Kevin an Big Sexy vorbeigeht, greift er in seine Hosentasche, fischt sein Handy heraus und bereitet die Kamera vor. Als er das Vitaminregal passiert, blickt er mich mit verschmitztem Lächeln an und macht schnell ein Foto von Big Sexys Arsch.

Ich zucke zusammen, als Big Sexy sich umdreht und Kevin erwischt.

Vielleicht ist er wirklich ein Filmstar, denn er scheint nicht überrascht zu sein. Oder vielleicht hat er das Handy nicht gesehen. Doch er reckt seinen Hals weiter und blickt nach hinten, bis sein Blick auf meinen trifft.

Gott, diese Augen. So perfekt. Ich spüre seinen Blick in jedem Teil meines Körpers.

Dann lächelt er sanft und ich schwöre, etwas in mir, von dem ich nicht wusste, dass es kaputt war, rastet hörbar ein. Mit diesem einen Lächeln hat Big Sexy mich vervollständigt. Mich wieder ganz gemacht.

Diese traumhaften Lippen, die mich necken und erregen. So rot. So sinnlich. So verdammt küssbar.

Ich fühle eine Verbindung. Er sieht direkt durch mich hindurch und ich…

O Gott, ich starre!

Ich schlage meinen Kopf zur Seite und drehe mich um, dabei verflechte ich meinen Fuß auf seltsame Weise. Ich bin nicht beweglich genug, um eine sanfte Korrektur durchzuführen, und so kollidiere ich mit dem Stand. In Slow Motion droht der Tisch, der mit Schongarer, leeren Tellern und einem Dutzend Spargelstängeln ausgestattet ist, zu fallen.

Ich keuche vor Angst, als ich mir vorstelle, wie mein Name über die Lautsprecher ausgerufen wird.

Bitte in Gang Fünf aufräumen, wo Big Sexy Julia Rominger angelächelt und sie deshalb das Kostproben-Mädchen-Äquivalent zum ,sich in die Hosen machen' vorgeführt hat.

Ich würde es She-Hulk zutrauen, so etwas zu tun.

Dann würde Big Sexy meinen wirklichen Namen kennen, anstatt der Bezeichnung, die er im Moment vermutlich für mich erfindet: *das gruselige Mädchen, das mich anstarrt und sich zum Narren macht.*

Zum Glück, nach ernsthaftem Strampeln, bin ich in der Lage, mich am Tisch festzuhalten und sowohl ihn und mich zu stabilisieren, bevor ich auf dem Hintern lande. Mit klopfendem Herzen, zitternden Beinen und flammendem Gesicht (flammender als das der Jungfrau im Bachelor, wenn die Kamera für den ach so *perfekten* ersten Kuss hineinzoomt) atme ich tief durch.

Ich weigere mich, zu Big Sexy hinüberzuschauen.

Ich kämme mit einem Finger durch mein Haar, eine nervöse Angewohnheit, die ich seit meiner Zeit als schüchternes Kind nicht loswerden konnte.

Dann kann ich nicht anders. Ich drehe mich wieder zu ihm.

Und schreie fast vor Überraschung, als ich feststelle, dass er direkt vor mir steht.

„Hallo", sagt er.

Ich blinzele und mein Gesicht erfährt eine weitere Runde leuchtender Röte.

„Also, was ist heute im Angebot?", fragt er.

„Wie bitte?"

„Chicken Wings, hm?" Er untersucht die Packung und die Soßenreste im Schongarer.

„Ähm, ja. Es ist mir gerade ausgegangen, aber ich kann…“ Er wartet, als wäre er tatsächlich an einer *Alternative* zu Chicken Wings interessiert. „Naja, ich kann mehr holen?“

Er nickt. „Okay“, sagt er. „Es stört mich nicht, zu warten.“

„Bist du sicher?“, frage ich ihn.

„Ich bin sicher.“

Als ich um den Tisch herumgehe, verlagert er sein Gewicht und unsere Arme berühren sich. Der Körperkontakt bringt meinen Körper zum Beben und ich zittere noch mehr, als ich einen Hauch seines Dufts wahrnehme – etwas Würziges mit Zitronenakzenten, die mich danach sehnen lassen, zu stöhnen, mich an ihn zu klammern und ihn wie eine Eiswaffel abzulecken. Irgendwie schaffe ich es, einige Meter zu gehen, bevor ich über die Schulter spähe, um sicherzugehen, dass er nicht abgehauen ist. Er besieht sich ein Blumendisplay in der Nähe meines Standes und ich will ihm sagen, dass ich eine Blume habe, die er untersuchen kann. Doch es besteht keine Chance, dass er Interesse an mir hat. Er spielt nicht nur außerhalb meiner Liga – er ist so weit weg, dass wir nicht einmal dasselbe Spiel spielen.

Ich eile nach hinten zur Angestellten-Toilette und prüfe meine Haare. Ich weiß nicht warum, aber siehaben die Tendenz, bei der Arbeit platt nach unten zu hängen. Mein goldenes Haar soll springen. Wenn es voller Leben ist,sehe auch ich aus wie das blühende Leben, richtig? Ich fahre meine Finger durch die Haare und plustere sie auf, gebe ihnen etwas Schwung und Volumen zurück. Mein Make-Up passt. Ich könnte etwas Lippenpflege oder Lipgloss vertragen, aber ich feuchte meine Lippen einfach mit etwas Wasser aus dem Wasserhahn an und tupfe sie mit einem Papierhandtuch trocken.

Dann richte ich mein Arbeitsshirtund gehe sicher, dass es gerade sitzt. Ich öffne den obersten Knopf und ziehe es etwas nach unten um ein bisschen Ausschnitt zu zeigen, ihm einen Vorgeschmack meiner Kurven zu geben. Dann schüttele ich den Kopf, als ich das Lebensmittelgeschäft-Kostproben-Mädchen vor mir im Spiegel sehe. Es hat keinen Sinn. Ich bin so langweilig, wie es nur irgendwie möglich ist. Ich wiege auch einiges mehr als eine typische Größe 36 und ich habe oft genug Dickerchen-Kommentare an der Kostprobenstation gehört. Als ich meine Mutter das letzte Mal gesehen habe, wies sie mich darauf hin, in der Eisdiele etwas kürzer zu treten, was nicht die höflichste Art der Begrüßung war, wenn man bedenkt, dass ich die letzten zwei Jahre damit verbracht habe, sie zu versorgen, während sie ihre Krebsbehandlungen bekommen hat. Doch sie hat mir das Leben geschenkt und ich bin froh, dass es ihr so gut geht. Auch wenn sie darauf besteht, dass die Zahl auf meiner Waage zu hoch ist, und zwar im zweistelligen Bereich.

Egal. Ich muss zurück zu meinem Stand, bevor Big Sexy das Interesse an den Chicken Wings verliert. Wenn er geht, sehe ich ihn vielleicht nie wieder. Er könnte schon morgen einen anderen Laden finden, wo er seine Vitamine kauft. Er könnte sich überlegen, dass er nicht mehr Gefahr laufen möchte, dem trampeligen Mädchen bei Cooper's über den Weg zu laufen. Und ich? Ich will einfach nur die Möglichkeit haben, ein bisschen mehr mit ihm zu reden.

Er hat eine tolle Stimme und jetzt, da ich sie kenne, werde ich mir vermutlich all die Dinge vorstellen, von denen ich *wünschte*, dass er sie zu mir sagen würde. Dabei kommt die Frage nach mehr Chicken Wings garantiert nicht vor, aber vielleicht…

Du siehst heute wunderschön aus.

Verdammt, was für ein Körper.

Du bist die beste Geliebte, die ich je hatte.

Ich greife nach einem Paket Wings und eile zurück nach vorne, wo mein Stand unbeaufsichtigt auf mich wartet.

Er ist weg.

Natürlich.

Ich weiß nicht, was ich dachte. Ich müsste es besser wissen. Jemand wie er, mit seinem perfekten Gesicht, seinem perfekten Körper, könnte niemals an jemandem wie mir interessiert sein.

Und trotzdem habe ich das Gefühl, gerade die Chance auf etwas Kostbares verloren zu haben.

Ich richte mein T-Shirt, sodass es etwas mehr meinem Arbeitsplatz entspricht, und knöpfe es wieder zu, bevor mich jemand sieht.

Es ist sowieso Zeit, dass ich Pause mache. Ich kann den Tisch wegräumen und über einem Sandwich vom Deli schmollen. Ich laufe zurück zum Tisch und bemerke, dass Big Sexy doch nicht gegangen ist.

Stattdessen liegt er auf dem Boden.

KAPITEL ZWEI

Julia

„Verdammte Scheiße." Schnell knie ich mich neben ihn. Er atmet. Er scheint nicht in Gefahr zu sein. Er ist nur bewusstlos. Ich schüttele ihn ein bisschen, dümmlich hoffend, dass er wieder zu sich kommt, doch keine Reaktion.

Ich erinnere mich an mein Reanimationstraining und checke seinen Puls. Er ist normal, wenn auch ein wenig schwach. Ich frage mich, ob er Diabetiker ist oder einen niedrigen Blutdruck hat. Vielleicht ist er Epileptiker? Mein Herz schlägt schneller, Angst erfüllt mich, als er weiterhin ohne Bewusstsein bleibt.

Ein schneller Blick bestätigt, dass wir die einzigen beiden Menschen auf dieser Seite des Ladens sind. Wo sind denn alle, verdammt nochmal? Ich denke daran, zum Kundenservice zu rennen, She-Hulk zu alarmieren und ihr zu sagen, den Notruf anzurufen, doch dann erinnere ich mich, dass ich mein Handy in der Tasche habe.

Schnell wähle ich. Als ich dem Telefonist sage, dass ich Big Sexy's Namen nicht kenne – oder vielmehr, den Namen des Mannes, der auf dem Boden ohnmächtig geworden ist –, weist sie mich an, nach einem Geldbeutel und einer Identifikation zu suchen. Vorsichtig klopfe ich ihn ab, fische seinen Geldbeutel aus seiner Hosentasche und öffne ihn.

Was ich zuerst sehe, ist sein Führerschein, von dem mich sein wie-immer-gutaussehendes Gesicht anstarrt. Von ihm scheint es eindeutig keine grässlichen Behördenbilder zu geben, was schlichtweg zu meinem Eindruck beiträgt, dass er sich jenseits von menschlicher Perfektion befindet. Ich greife nach dem Führerschein, ziehe ihn aus der Hülle und lese der Telefonistin den Namen vor: „Sein Name ist Sebastian Rich. Er wohnt in 531 Ruby Road in West Rutherford. Er hat keine medizinischen Identifikationsmarken oder Ähnliches."

Die Telefonistin versichert mir, dass der Notarzt auf dem Weg sei, und ich lege auf. Ich schiebe den Ausweis des Mannes zurück in seinen Geldbeutel. Währenddessen öffnet sich das Bargeldfach und entblößt ein dickes Bündel Bargeld. Scheiße, ich kann nicht zulassen, dass damit etwas passiert, denke ich und schließe das Portemonnaie, bevor ich es in meine Schürzentasche stecke.

Big Sexy – nein, Sebastian – stöhnt. Seine Augenlider flackern, aber er kommt nicht wieder zu Bewusstsein. Ich fühle mich schuldig, dass er auf dem kalten, harten Boden liegt, also hebe ich sanft seinen Kopf in meinen Schoß. In den fünf Minuten, die der Notarzt braucht, um anzukommen, starre ich ihn an. Ich streichle ihm das Haar aus dem Gesicht und merke, dass er im Moment alles andere als selbstbewusst und kräftig aussieht. Er wirkt verletzlich.

Und obwohl ich weiß, dass es nur ein weiteres, handfestes Indiz dafür ist, wie verschoben ich bin, finde ich ihn so noch attraktiver als je zuvor.

In der Ferne höre ich die Sirenen.

„Es wird alles gut", sage ich. „Hilfe ist gleich hier."

Bei meinen Worten öffnen sich seine Augen – sie sind golden, mit grünen Flecken. Er ist desorientiert, sieht mit runzelnder Stirn zu mir auf.

„Hey", sage ich, bevor die Rettungskräfte durch die weiten automatischen Türen in den Laden stürmen. Ehe ich mich versehe, werde ich zur Seite geschoben und eine Menschenmenge versammelt sich um mich. Ich umgreife das Portemonnaie in meiner Schürzentasche, um es den Rettungskräften zu geben, als She-Hulk mich am Arm packt, ihre perfekt manikürten Nägel krallen sich in meine Haut.

„Was zum Teufel ist passiert?", fragt sie.

„Keine Ahnung. Er ist zusammengeklappt. Ich habe den Notarzt gerufen."

„Offensichtlich! Du hättest zuerst zu mir kommen sollen."

„Aber ich…"

„Julia!" Jemand packt meinen andern Arm. Es ist Kevin. „Was zum Teufel hast du gemacht?"

Ich rolle mit den Augen. „Ich habe ihm keine übergezogen, um ihn in meine Höhle zu zerren, wenn du das denkst, Kevin." Ich löse mich von den beiden und will sehen, was mit Sebastian geschieht. Die Rettungskräfte haben ihn auf eine Liege befördert und rollen ihn schnell aus dem Laden.

Was zur Hölle? Er war doch eben noch wach. Ich hatte erwartet, der Notarzt würde seine Werte prüfen. Ihm etwas Wasser, Sauerstoff oder so etwas geben, anstatt ihn hier eilig heraus zu befördern. Automatisch gehe ich ihnen nach.

She-Hulk greift erneut nach meinem Arm und ich schwöre, ich schlage sie fast aus purem Reflex.

„Wo gehst du hin?", fragt sie harsch.

Ich drücke den Geldbeutel in meiner Hand, doch aus irgendeinem Grund möchte ich nicht, dass She-Hulk und Kevin wissen, dass ich etwas habe, das Sebastian gehört. Es ist so, als wäre ich mit etwas Kostbarem vertraut worden, etwas, das ich nicht in die falschen Hände geraten lassen kann. Ich habe die Pflicht, sicherzugehen, dass das Portemonnaie so schnell wie möglich zu ihm zurückgelangt.

„Ich bin gleich zurück, She-Hul– Sheila", sage ich und reiße mich wieder los. „Ich muss nur schauen, ob er in Ordnung ist."

Ich eile nach draußen und fluche. Ich komme gerade rechtzeitig, um zu sehen, wie der Krankenwagen davonrast. Zumindest verwendet er die Sirene nicht, was mich beschwichtigt, dass Sebastians Leben nicht tatsächlich in Gefahr ist.

Doch ich will sicher sein. Ich will wissen, warum er ohnmächtig war und dass es ihm gutgehen wird. Es gibt zahlreiche Krankenhäuser in der Stadt. Ich weiß nicht, wohin sie ihn bringen, und ich will nicht Gefahr laufen, nicht in der Lage zu sein, ihn selbst zu finden.

Und die Wahrheit ist…

Ich bin neugierig. Ich bin gelangweilt. Ich bin seit Langem gelangweilt und die einzige Person, die nahe dran war, das zu ändern, ist Sebastian Rich. Zuerst, indem er mich spitzer gemacht hat als einen Dornbusch in einer glühend heißen Sommernacht. Dann, indem er mir zu Herzen gegangen ist und mich dazu gebracht hat, mehr in ihm zu sehen als einen Haufen Premiumfleisch: ein menschliches, verletzliches Wesen.

Ich blicke zurück zum Laden und weiß, dass es vernünftig wäre, zurück zur Arbeit zu gehen und She-Hulk Sebastians Portemonnaie zu geben.

Aber Scheiß auf Vernunft.

Ich habe das verzweifelte, lebensrettende Bedürfnis nach einem Abenteuer.

Damals in meinen glorreichen Tagen, bevor ich realisiert habe, dass große Träume niemals den kosmischen Witz der Realität überwinden können, habe ich mich selbst als werdender Detektiv vorgestellt. Wie die meisten Menschen, die zwischen 1980 und 2000 geboren wurden, hatte ich zu viele Folgen der Serie gesehen, die man den totenstarren Fingern vonMariska Hargitay nicht entwinden konnte. In meinen wildesten Fantasien stellte ich mich als reale Version von ihr vor, in meinem ganz eigenen Law and Order. Es stellte sich heraus, dass man dafür aufs College musste.

Zugegeben, ich war auf dem College, es ist allerdings auf etwas weniger Anspruchsvolles als Strafrecht hinausgelaufen. Nein, ich wollte für lange Zeit lediglich Komponistin und Darstellerin werden. Wie viele vor mir träumte ich von Ruhm und Reichtum, doch ich hatte entschieden, diesen Traum mit einem Abschluss in Musiklehre abzusichern. In anderen Worten, ich habe die sichere Route zu musikalischer Berühmtheit gewählt.

Bis dahin hatte ich alles richtig gemacht. Dann, in einer einzigen Nacht, hatte ich alles weggeworfen und ich bezahle seit Jahren dafür.

Ich verdiene ein anständiges Abenteuer, oder nicht?

Mit all diesem Brummen in meinem Kopf entscheide ich mich, die Verfolgung aufzunehmen.

Jedoch kann ich den Rettungswagen mit meinem ach-so-abenteuerlichen 4-Gang Fahrrad, mit dem ich zur Arbeit fahre, da ich nur einige Straßen entfernt wohne, nicht verfolgen.

Zwei Taxen stehen vor dem Supermarkt. Ich renne zum ersten und kommandiere dem Fahrer, dem Rettungswagen zu folgen. Er hält gerade an einer roten Ampel nur einen Häuserblock weiter.

„Nein, Madam", sagt der Taxifahrer. „Wir jagen keine Autos, geschweige denn Rettungswägen."

„Aber es ist ein Notfall!"

Er zuckt mit den Schultern.

Ich kann Sebastian seinen Geldbeutel immer noch zurückgeben, wenn er wieder zuhause ist, aber was, wenn er nicht dorthin zurückkehrt? Was, wenn etwas mit ihm absolut nicht stimmt? Ich muss wissen, dass es ihm gut gehen wird. Nachdem ich kurz gezögert habe, ziehe ich schließlich einen Schein aus Sebastians Geldbeutel und wedele ihn vor dem Fahrer hin und her. „Ich gebe ihnen hundert Dollar." Ich werde das Geld zurückzahlen, auch wenn es mehr als ein voller Tageslohn für mich ist.

Der Taxifahrer schnappt sich das Geld mit einem breiten Grinsen aus meiner Hand und bedeutet mir, auf den Rücksitz zu steigen. Ich verliere keine Zeit, reiße die Tür auf, und bevor ich überhaupt die Tür geschlossen und es mir auf den abgenutzten Stoffsitzen bequem gemacht habe, ziehen wir schon los.

Weniger als eine Minute später tritt mein Taxifahrer auf die Bremse. Ich drücke meine Hand gegen seinen Sitz, gerade rechtzeitig, um meinen Kopf davor zu bewahren, dagegen zu donnern. Sobald ich mich erholt habe, sehe ich nach vorne, um den Grund zu suchen, warum wir so abrupt stehengeblieben sind: Der Krankenwagen steht an der nächsten roten Ampel.

Bald sind wir schon wieder in Bewegung und biegen scharf rechts ab. Wir folgen dem Rettungswagen dicht, zu dicht für meinen Geschmack. Plötzlich habe ich Angst, dass Sebastian Rich hinten im Wagen sitzt, aus den kleinen Fenstern der Hintertür schaut und sich fragt, warum zum Teufel das Kostproben-Mädchen von Cooper's Market ihm auf den Fersen ist.

„Könnten Sie versuchen, einen Wagen Abstand zwischen uns zu halten?", frage ich so nett wie ich kann. Nicht nett genug für ihn, wie es scheint, als er erneut brutal auf der Bremse steht. „Muss ich Ihnen einen weiteren Hundertdollarschein geben, um meine sichere Ankunft zu garantieren?"

„Könnte nicht schaden", antwortet er.

Ich vergesse, dass es sich um einen Fremden handelt, und klatsche ihm auf die Schulter. Er dreht sich mit einem verärgerten Blick zu mir um und ein Anflug von Schuld kitzelt in meinem Bauch, bis ich realisiere, dass ich dem Mann eine hübsche Summe gezahlt habe. Bisher bekommt er kein Trinkgeld. Ich schiele um die Kopflehne herum und drücke meine Augen zusammen, um besser zu sehen.

Wir nähern uns einer gelben Ampel – die Art von gelb, die

eine Reihe Autos mit Leichtigkeit nehmen kann, doch aus irgendeinem Grund kommt der Rettungswagen zum Stillstand.

Ein unbehagliches Gefühl macht sich in mir breit – dass Sebastian Rich nicht nur weiß, dass ich ihn verfolge, sondern dass er verfolgt werden *will*. Dass alles, was bisher passiert ist, volle Absicht war: Von der Tatsache, dass ich es war, die ihn findet, bis zur Telefonistin, die mir sagt, nach seinem Geldbeutel zu suchen.

Mein Verstand rast zur natürlichsten Schlussfolgerung: Er und seine Komplizen, die in Wirklichkeit gar keine Rettungskräfte sind, locken mich aus der Stadt heraus. Niemand wird in der Nähe sein, um mein Schreien zu hören, während er meinen Körper zerstückelt und jeden Körperteil in einen eigenen Müllsack steckt.

Mein Blick wandert zum Taxifahrer und meine Augen schmälern sich voller Misstrauen.

Er ist ein Teil davon. Sie arbeiten zusammen, erklärt mir der pessimistischste Teil meines Verstands. *Sie sind Komplizen und niemand würde sie je verdächtigen.*

Die Ampel schaltet auf grün und der Krankenwagen verliert keine Zeit, die Kreuzung zu überqueren. Ich schüttele meine melodramatischen, paranoiden Gedanken ab und tippe meinem Fahrer mehrmals auf die Schulter, dränge ihn, sie zu verfolgen.

Doch dann passiert das Lustigste – ich meine, natürlich tut es das –, denn sobald wir beschleunigen, rüttelt das Taxi plötzlich und der Motor gibt auf. Mitten auf der geschäftigsten Kreuzung dieser Seite der Stadt.

Der Krankenwagen zieht davon, weiter und weiter die Straße hinab, bis er im Teppich des beginnenden Nachmittagsverkehrs verschwindet.

Mein Taxifahrer dreht den Schlüssel in der Zündung um, doch der Motor springt nicht an. Es hupt von allen Seiten. Wir blockieren den Verkehr und ich mache mir plötzlich keine Sorgen mehr darum, im Nirgendwo ermordet zu werden. Wenn wir hier nicht so schnell wie möglich rauskommen, werde ich von einer ärgerlichen Meute Großstadthelden auseinandergerissen.

Seufzend verlasse ich das Taxi. „Trotzdem danke", sage ich.

Ich umklammere das Portemonnaie und laufe zur nächsten Bushaltestelle, um zurück zur Arbeit zu fahren, wissend, dass She-Hulk ihren großen Tag mit mir haben wird, wenn ich dort ankomme.

Aber das ist mir gleich. Ich werde ihren Anschiss wie ein guter Verlierer akzeptieren, und sobald meine Schicht vorüber ist, geht die richtige Arbeit los: Herausfinden, wo Sebastian Rich ist.

Küss mich fur immer

BÜCHER VON VIRNA DEPAUL

ÄRZTE ZUM VERLIEBEN
    Band 1: Dr. med. Bad Boy

KISS TALENTAGENTUR
    Band 1: Küss mich für immer (Bastian)
    Band 2: Halt den Mund und küss mich (Simon)
    Band 3: Küss mich, du sexy Typ (Caleb)
    Band 4: Küss mich um den Verstand (Hunter)
    Band 5: Küss mich die ganze Nacht (Lee)

LIEBE AM SPIELFELDRAND
    Band 1: Gelbe Karte für die Liebe (Heath)
    Band 2: Blaues Blut und tiefe Pässe (Kyle)
    Band 3: Ganz tief drin (Alec)

‚MIT DEN JUNGGESELLEN IM BETT‘
    Band 1: Mit dem falschen Bruder im Bett (Rhys)
    Band 2: Mit dem schlimmen Zwilling im Bett (Max)
    Band 3: Mit dem Milliardär im Bett (Jamie)
    Band 4: Mit dem besten Freund im Bett (Ryan)

Band 5: Mit dem Biker von nebenan im Bett (Cole)
Band 6: Mit dem Bodyguard im Bett (Luke)
Band 7: Mit dem Trauzeugen im Bett (Gabe)
Band 8: Mit dem Boss im Bett (Eric)
Band 9: Mit dem Vater des Babys im Bett (Dante)
*Hochzeit mit dem Bad Boy: Eine Novelle (Max)

HART WIE STAHL
Band 1: Harte Zeiten für Schwere Jungs
Band 2: Harte Fälle für Toughe Anwälte
Band 3: Harte Entscheidungen, Sanfte Liebe
Band 4: Harte Jungs - Zwischen Hammer und Amboss
Band 5: Harte Schale, Weicher Kern

ROCK'N'ROLL CANDY
Die Rock'n'Roll Candy Serie handelt von einer Gruppe von Freunden, Schauspieler Bad-Boys und sexy Rock Stars Anfang 20, die jeweils der Frau ihrer Träume begegnen.
Band 1: Sexy wie Rock'n'Roll
Band 2: Stark wie Rock'n'Roll
Band 3: Crazy wie Rock'n'Roll
Band 4: Süß wie Rock'n'Roll
Band 5: Wild wie Rock'n'Roll

HEIMKEHR NACH GREEN VALLEY
Band 1: Wozu Liebe in der Lage ist
Band 2: Wohin die Liebe führt
Band 3: Ich will Dich lieben
Band 4: Das Beste meiner Liebe
Band 4.5: Denn du liebst mich

GLÜHEND HEIßE COPS REIHE
Band 1: Guter Cop/böses Mädchen
Band 2: Diesmal für immer

Band 3: Träumen (wieder) erlaubt

Nagelprofis

Ein Bild von einem Mann

Der Cowboy, der mich liebt

Seal -- ein Leben lang

Verrückt nach dem verkehrten Kerl

Der Cowboy, der mich liebt

Copyright © 2018 by Virna DePaul

❀ Erstellt mit Vellum

ÜBER DIE AUTORIN

Virna DePaul ist eine *New York Times* Bestsellerautorin und steht auch auf der Bestselling-Liste von USA Today für erregende, spannungsvolle Erzählliteratur. Ob es um Vampire, eine Spezialeinheit für paranormale Phänomene, heiße Polizisten oder umwerfende identische Zwillingsbrüder geht, ihre fiktiven Geschichten handeln immer von komplexen Individuen, die gewillt sind, auch die unglaublichsten Schwierigkeiten zu überwinden, um der Liebe den Weg zu bahnen.

Ein Newsletter speziell für meine deutschen LeserInnen. Erfahren Sie alles über Neuerscheinungen und Geschenkaktionen! http://virnadepaul.com/deutsch-newsletter

Schließen Sie sich unserer Facebookgruppe "Deutscher Buch-Harem" in der wir über Bücher und die Charaktere darin diskutieren. Außerdem gibt es tolle Geschenke!